TUSOMBRAS

Luis Mayer - Tusombras
Ilustraciones: Chriss Braund
Corrección: Corina Álvarez
Diagramación y Portada: Cristhian Sanabria
EDICIONES BRAUND

ISBN: 9781656638656

A mi madre,
por ser la luz que me ilumina,
mi sol, mi cielo, mi guía,
quien me inspira y por quien vivo.
Mi heroína favorita.
Te amo.

A ti, mi amor... Mi amor eterno.
Aunque nuestra historia parece que terminó,
recuerda que ninguna historia termina,
solo se transforma.

Fefa, mi ángel que brilla en el cielo.
Eres quien me hizo descubrir mis sombras y saber
amarlas,
eres un alma libre.

A los destinos separados,
a esos alienígenas que me devolvieron la inspiración,
las ganas de vivir,
las ganas de escribir.

A quienes creyeron en mí,
Romina / mi alma gemela, Laura, Eva, Cala, Riccardo,
Angela, Valentina, Marcos, Marko, Dariana, Elena,
María Sol, Franco, David, Basilio, Ana.

Y para ti, lector... que te lanzas en esta aventura.

PRÓLOGO

Todo camino que se inicia siempre será un cambio para la evolución. Cada experiencia vivida en nuestro exterior te modificará como ser humano. Quiero decirte antes de que empieces a leer este libro, que tu mente no será la misma luego de que lo hagas. La información que te quede de este viaje será para saborearla muy bien en tu camino. Imagínate que es un viaje donde cada letra te ayudará a tener una perspectiva diferente. "La vida es información" esta frase fue una que me encantó al leer este libro, porque es una idea que mantengo. Todo es información, podemos modificar nuestro punto de vista gracias a una buena lectura, podemos amar más, creer, caminar, reír, salir de problemas, llevar una vida un poco más equilibrada y todo gracias a la información. Eso me hace pensar que la evolución no es opcional. La vida es evolución y, en última instancia, es la evolución de la conciencia lo que es la manifestación de nuestra evolución. Puedes permitir que la evolución simplemente tome su propio curso o puedes comprometerte con ella. Hacerla consciente es la forma más fácil y directa de evolucionar. Por eso, siempre he pensado que mientras viajamos a través de los eventos aparentemente aleatorios en nuestra vida, estamos buscando patrones y estructuras.

La vida está llena de altibajos. Existe la alegría al enamorarse, reírse tontamente o al sentir una sensación de gran logro cuando completas un trabajo difícil. También existe el dolor de una relación que se desmorona, la agonía de fallar en una tarea después de un gran esfuerzo, o la tragedia de la muerte de un ser querido. Intentamos darle sentido a todo esto. Aborrecemos las que nos produzcan aleatoriedad total, como también la idea de que solo estamos siguiendo leyes caóticas y habituales de la física.

Queremos saber que hay algún significado, propósito e importancia en el mundo que nos rodea. Queremos una historia mágica de una vida, así que nos contamos historias. Claramente, la mente siempre está alterando su enfoque y llevando el mundo a diferentes perspectivas. Dado que el hombre y la mujer son las primeras categorías de experiencia en las que nos colocamos como recién nacidos y que continúan moldeando las expectativas que la sociedad tiene de nosotros a lo largo de nuestras vidas, las perspectivas asociadas a cada experiencia de género se encuentran entre las más profundas y persistentes culturas.
Mantengo que el paisaje mental y espiritual más fértil, es aquel en el que existe una amplia polinización cruzada entre los dos. Esta historia tiene una línea que me hizo saborearla muy bien, el suspenso…
Esta es una historia sin límites, sin prejuicios, en la que

se presenta la realidad de la ambigüedad de algo tan natural como comerte una barra de chocolate. De seguro las páginas te harán caricias o te harán sentir que te falta mucho por conocer o entender. Lo que si sé, es que terminarás queriendo más.

Laura Chimaras

PENSAMIENTO DEL AUTOR

Creo que es lo más similar a la muerte que se podría sentir, creo que es como ser un lienzo olvidado, un cuadro que alguien empezó a pintar y nunca terminó, es como ese proyecto que empezaste pero dejaste a media, la inconclución en mí me hace pensar y visualizar quien soy, he llegado a pensar que soy la peor persona que existe en el mundo, he llegado a pensar que estoy loco o también que soy la mejor persona.

No sé quien fue quien inició este proyecto y lo dejó así, a medias, inconcluso, incompleto, pero solo sé que tengo el poder en mis manos, si entiendo esta realidad, si logro descifrar este mátrix, si logro solamente sobrepasarlo sé que tengo la capacidad de ser un proyecto completo, y sólo así generar al mundo esa proyección, entender que no soy ni la mejor ni la peor persona, que simplemente soy un ser que danza en este mundo de polaridades de un lado a otro, de la luz a la sombra, de lo bueno a lo malo, de la oscuridad a la luz creo que la vida es sencillamente una danza de movimientos entre esas dos cosas, de ir a un lado a otro, de cada día ver una nueva pared y decidir como la enfrentas.

No sé igualmente quién puede catalogar mis acciones si no soy yo lo que he hecho, lo que e dicho, lo demás es de ellos. A veces, considero que pienso demasiado y pierdo demasiado el tiempo pensando en todo lo que quiero hacer sin hacerlo, hoy sé que no, hoy sé que pensar está bien y que es posible hacerlo en definitiva, no sé quien soy, pero creo que estoy en paz con eso lo único que sé, es cual es mi nombre. Hola, mi nombre es Luis Mayer y te quiero contar esta historia

HACE 18 AÑOS

Una semilla viene con dos polos,
luz y sombra.
Una moneda tiene dos caras,
Una persona tiene dos personalidades,
día, noche.
Ying, yang.
A, Z.
Principio, final.

Cristina quedó muy impresionada al leer la carta que Adolfo, su esposo, le entregó. Solo con verla a los ojos ya sabía que el médico no les daría buenas noticias.

Esta era una situación regular para muchos en otras ciudades, pero no aquí, no en Nueva Kelicia, una ciudad familiar, estable, segura, entretenida, donde casi todo es perfecto. Y me atrevo a decirles casi, porque no es una perfección real, es una creada con muchas historias que ocultan las paredes y las sombras.

Antes de continuar, quiero presentarme. Mi nombre es Luis Mayer y te quiero contar esta historia. Es tan irreal como la perfección de Nueva Kelicia. Tú decides si entender esta trama llena de analogías, o si leerla simplemente como una más de ficción. Mi protagonista se llama Tomás, pero antes de que lo conozcas tengo que explicarte unas cosas que sucedieron el día de su nacimiento. Sus padres son Cristina y Adolfo. Ella es una abogado muy reconocida en la ciudad y el mundo entero. Él, un policía ya retirado que se encarga de mantener la casa en buen estado. Adolfo le lleva dieciséis años a Cristina, algo normal en Nueva Kelicia.

Antes de volver a la carta donde realmente todo empezaría a cambiar, te quiero contar que ellos se conocieron de una manera poco común. Son, para la exigente y chismosa sociedad de Nueva Kelicia, una familia perfecta: Sin deudas, nunca han tenido un hijo enfermo, por lo que llevan una vida común y tranquila. El día que se conocieron, Cristina estaba saliendo de su graduación de secundaria e iba manejando bajo los efectos del alcohol. Una patrulla que hacía su guardia se dio cuenta de que iba sobre el límite de velocidad, era Adolfo. Fue como presenciar una película de pornografía barata, al ver cómo una conversación entre una adolescente y un representante de la ley, terminó con ella golpeando los vidrios de la parte de atrás de la patrulla con sus tacones, mientras él quebrantaba la ley… una, otra y otra vez.

Cristina cambió de decisión antes de entrar a la universidad, estudió derecho. Ese episodio, además de juntarle con quien sería su esposo, le mostró lo hermoso que es tener el poder y tomar decisiones. Aunque no hay que juzgarles por esto, ellos se cuidaron muy bien para que su fantasía sobrevalorada del policía y la estudiante quedara en secreto; Solo que yo, su narrador, lo sé todo de ellos… así que espero me disculpen por dejarlos en evidencia.

Si has llegado hasta aquí te quiero contar un poco más sobre lo que quiero plasmar en este libro. Lo que voy a hacer es mostrarte las sombras de mis personajes que están estratégicamente diseñados, si en algún momento te llegas a sentir identificado con alguno, no es casualidad. Ellos serán el reflejo de esa parte de ti que no quieres mostrar, eso que no le dirías a alguien en una primera cita porque que no te hace sentir muy orgulloso. Mientras leas, abre tu corazón, calla tu ego y se capaz de reírte, llorar y vivir esta historia con ellos, que no son más que un espejo de ti y también de mí.

Después de conocerse, Cristina y Adolfo fueron creando una familia casi soñada, parecida a las que se ven en los programas de televisión americana. Con un círculo de amigos muy cerrado, de hecho, pocas personas han entrado a su casa (La buena noticia es que, como estás conmigo, vamos a poder entrar hasta a los cuartos más oscuros). Unos padres que buscan proyectar perfección en el exterior y que no le permiten a la gente entrar en su círculo, es la razón por la cual Tomás, mi protagonista, es un hombre de pocos amigos. Es conocido en el colegio por ser un gran jugador de soccer, además, que las labores de su madre cuando ocurrió un suicidio en los baños del colegio, hicieron que todos supieran quien era Tommy, así le dice Cala, su mejor amiga.

Cala es un alma libre, de esas personas que creen que no existe solo una verdad. Una combinación visual entre belleza y extravagancia, lleva dentro una rebeldía que puede parecer sin causa; aunque si hablas con ella por treinta minutos, seguramente te parecerá una persona exageradamente interesante.

¡Qué bueno que sigues leyendo! Te prometo que ya me falta poco para dejar que Tomás te cuente su historia, pero antes de irme, quiero que entiendas unas cosas más sobre mi creación. No pienses que la poca descripción en la lectura no es a propósito, quiero dejar volar tu imaginación y que cada personaje tenga la cara que le quieras poner. No te sientas culpable si le pones una conocida, todos tenemos algo de ellos. Te quiero hablar más que del mundo físico, de las emociones, de los sentimientos y las sensaciones. Confía y atrévete a vivir tú mismo la experiencia. Es más, escribiendo se me acaba de ocurrir una idea. Durante el tiempo en el que leas este libro eres Tomás, léelo como si fuera en primera persona, es decir, yo soy Tomás.

La carta que había recibido Cristina del hospital, era tan desconcertante que ni siquiera los médicos sabían cómo definir esta rara anomalía que se estaba haciendo presente en su tercer mes de embarazo. Describían que ese "bulto" extraño que se había observado una semana antes en el eco no era un tumor, que era algo más preocupante.

Para este momento ya lo sabían, era otro feto que estaba creciendo dentro de su vientre. No se podía definir si esta fecundación terminaría en el nacimiento de unos mellizos concebidos con tres meses de diferencia. Era algo inexplicable y mucho menos se sabía qué podía suceder. Cristina y Adolfo aseguraron no haber tenido relaciones desde el embarazo, lo cual es mentira. Este era un caso extraño incluso para los mayores expertos de la medicina moderna.

Antes de empezar con el cumpleaños número 18 de Tomás, quiero contarte un poco más. "¿Qué dirá la sociedad de nosotros si nace un monstruo?" Adolfo tiene creencias muy fuertes relacionas con la opinión pública, por eso, para él era imposible cumplir con sus estándares de ser la familia perfecta con un embarazo extraño y unos hijos que no fueran saludables y "normales". De hecho, esta familia externamente perfecta, tenía grandes misterios ocultos: Uno de ellos es el problema de alcoholismo de Adolfo. En una de esas noches, luego de recibir esa carta, él estaba tomando un buen vino que se convirtieron en tres botellas, en la soledad de su cocina. A Adolfo le encantaba emborracharse y hablar con él mismo en una especie de terapia moderna. Ese día empezaría lo más difícil para la familia, ese día empezaría este sufrimiento. Ya estaba borracho y eran aproximadamente las tres y cuarenta de la mañana. Su mente y pensamientos parecían un bombardeo imparable e imposible de controlar. Era uno de esos momentos en los que hay un silencio total en el exterior, pero en el interior necesitas callarte y no sabes cómo. Adolfo no sabía que una de sus mayores virtudes es ser un hombre de palabra, más desde ese día se convertiría en una de sus peores maldiciones, cuando con un cuchillo apuñaló la mesa y en medio de su moderno tipo de terapia alcohólica se juró a él mismo que si ese feto llegaba a nacer, él se ocuparía de matarlo. O bueno, matarla, solo que para ese momento él no sabía que sería una niña. A este nivel llegaban su interés por la opinión externa y el autojuzgarse por una perfección que él mismo sabía era una gran farsa, tanto que aunque suene increíble, lo sentía posible. Él iba a matarla, fuera como fuera. Esta noche terminó con una escena que se asemejaba mucho a un asesinato. Una botella se cayó y dejo vino en todo el suelo y sobre la mancha de líquido vinotinto reposaba, casi como un muerto, Adolfo alcoholizado.

El día del parto se sentía una tensión muy fuerte entre en todas las personas en la sala. Cristina quedó dormida por la anestesia y comenzó la operación. El primer bebé en salir de la cesárea sería Tomás. Era común, nada especial. Luego de que lo limpiaron y lo sacaron de la sala, solo se escuchaba silencio, uno que escondía muchas palabras por decir. El médico se dedicó a su labor, y fue ese el momento en el que sonó lo que representaba el peor sonido para Adolfo, el llanto de la pequeña Kamil. Para él ese llanto era un tormento, empezó a marearse y creó en su mente el plan perfecto. Ella no podía estar viva.

Con una pistola, Adolfo se apoderó de la sala. La tensión empezó a materializarse, el aire empezaba a pesar y en el lugar solo se sentía un calor desintegrador. Algunas enfermeras intentaron calmar a Adolfo, pero era imposible. De un impulso tomó a la bebé con sus manos. Se sorprendió al ver que la pequeña abrió los ojos y lo único que pudo ver fue una mirada negra, penetrante. Su globo ocular era completamente negro y ella empezó a entrar por las venas de Adolfo, haciéndolo sentir un escalofrío que lo recorrió completamente. Esta sensación lo hizo empezar a recordar de muchos momentos en su vida en los que había mentido. Era un bombardeo de sentimientos de culpa, miedo, rabia... Era como si esa bebé se pudiera apoderar de él y de su psiquis. La impresión, la rabia y su preocupación por el que pensaría, lo llevaron a lanzar a la bebé contra el suelo, y solo para asegurarse, lo hizo una vez más. Nuevamente, había un poso de sangre… pero ahora, con una bebé muerta y una sola oración.

—Nadie puede saber lo que aquí paso. Ya vieron de lo que soy capaz, dijo.

Lo último que sabrán sobre este día es que el plan de Adolfo funcionó. Se rompieron millones de leyes ese día, pero, Nueva Kelicia era tan perfecta, que todo dependía del poder y las relaciones. Cristina nunca se enteró, el veredicto fue que la bebé había nacido muerta. Se cobraron favores pendientes, se arregló el papeleo y la feliz familia celebraba el primer día de vida de Tomás y la muerte de Kamil... O eso pensaba.

Les dije, esta perfección oculta muchas sombras. Les dejo con Tomás, para que les cuente su historia.

SORPRESA DE CUMPLEAÑOS

Una luz puede ser sencillamente una luz.
Una sombra puede ser sencillamente una sombra.
Así como, una luz y una sombra puede ser lo que
cambien nuestra vida.

ACTA DE NACIMIENTO
KAMIL

Detesto mis cumpleaños. Creo que es una fecha sobrevalorada donde muchas personas nos felicitan, la mayoría, personas a los que realmente no les importamos. Detesto la hipocresía y por esa misma razón la siento y veo tan cerca. Abrí los ojos con esa melodía tan repetida. Solo vi a mi mamá, sus ojos son un lugar en el que me gusta refugiarme, creo que a ella sí le importo en realidad. Con un cupcake y una vela me canta con su dulce voz. Es muy especial, ha sido mi apoyo en todo. Cuando quise aprender a jugar soccer, cuando quise aprender a pintar... Todo lo que he querido ella lo ha hecho posible, siempre le he dicho que es mi heroína favorita y que cuando sea grande quiero ser como ella.

Todo el día fue... como todos, hasta las tres de la tarde. Volviendo del colegio, ya a punto de terminar mi último año, mucha gente me felicitó. Cala, mi mejor amiga me regaló un libro sobre Metafísica. Tengo una colección desde hace cuatro años, más no he leído ninguno. Aunque no me puedo quejar por lo que me dan, yo no soy el mejor para hacer regalos. Al llegar a mi casa, mi padre no estaba, y mi madre seguramente estaba trabajando como todos los días.

Realmente el contacto con tantas personas me agobia en cierto punto. Creo que tiene algo que ver con el ruido, con los olores, con la presencia. El roce, el roce corporal con las personas me da asco. Todos los días al llegar, a las cuatro de la tarde tomo una siesta para luego hacer las tareas, trabajos, entrenar, ir a mi practica de soccer y luego dormir. Pero ese día, ese sobrevalorado día, toda mi vida cambiaría.

Abrí los ojos, no recuerdo qué soñé o si tuve algún sueño, pero me desperté sintiéndome bastante excitado. En el tema sexual era completamente ignorante... Digamos: virgen. No porque no haya tenido la oportunidad de estar con alguien, pero, aunque suene trillado "Estoy esperando una persona especial". En el colegio hubo un tiempo en el que se corrió un rumor de que yo era "gay". Al principio empezó por un chisme de pasillo, por lo que pasó en una fiesta con Elena. Elena es una niña del colegio y una noche estuvimos solos en un cuarto... Fueron muchas las cosas que se coordinaron para que esto pasara. Me imagino que tiene algo que ver con el "sincrodestino" del que siempre me habla Cala. Sencillamente no quise hacer nada. Ahí comenzó el chisme.

La verdad es que esto me persiguió por un tiempo, hasta que Cala tuvo la gran e ingeniosa idea de cómo hacer para que dejaran de repetir esas cosas sobre mí... En otra fiesta, nos encerramos ella y yo en un cuarto. Empezó a gemir, saltamos en la cama mientras los dos fingimos sonidos de sexo, gritando y golpeando las paredes. En un momento ella dijo: "Listo para el toque final", y me golpeó muy fuerte en los testículos para que yo tuviera el orgasmo final fingiendo la eyaculación. Creo que sentí orgasmos... pero de la risa que me generaba aquel escenario.

Hice lo que hago en este tipo de casos, aunque no me diera demasiado placer, masturbarme. Cuando quise pararme de la cama, me sentí mareado y me tuve que acostar. Sentí como si un fuego atravesara mi cerebro, un escalofrío aterrador. Todo daba vueltas, era muy extraño, creo que fue por levantarme muy rápido o algo así. Entonces escuché la puerta de la casa abrirse, pensé que sería mi papá. Pero, al no escuchar su clásico grito a ver si había alguien en casa me levanté... Nuevamente el mareo pudo más que yo. "Seguramente hoy no quiso gritar"... Cerré los ojos y como por arte de magia volví a dormirme.

Sus piernas y su piel eran tan especiales que solo quería besarlas y tocarlas. No reconocía su cara, pero el hecho de sentirla cerca era más que suficiente para saber que ese era el lugar donde deseaba estar. Su voz era tan dulce, que sentía cómo hacer el amor era el mayor placer de la vida. Estar ahí, tanto contacto, tanta pasión, los olores y los pensamientos que venían mientras hacíamos el amor eran el éxtasis para nuestra imaginación, mi creatividad aumentaba y quería jugar con ella, hacer realidad todos mis deseos más oscuros. Era una montaña rusa de placeres que jamás en mi vida aspiraba dejar de recorrer. Mi cuerpo sudaba y con el de ella se creaba una mezcla entre nuestros fluidos que daban placer, todos mis prejuicios sobre el contacto desaparecían porque sentirla era como crear magia sin necesidad de pensarlo.

Me desperté mojado. La verdad es que al principio sentí un poco de vergüenza. "¿Será que ya es tiempo de dejarme llevar y no ser tan soñador con el amor?" me pregunté.

Entré a la ducha para limpiarme. No sé qué hora era, pero en ese momento todo se tornó extraño. Escuché una voz de mujer, creo que la misma del sueño que me llamaba por mi nombre. Dudé, pensé que podrían ser residuos del sueño, pero no, se intensificaron. Salí desnudo al cuarto a ver si era mi mamá... Estaba vacío. Me puse lo primero que encontré y baje las escaleras de mi casa. Podía sentir cómo cada poro de mi piel se erizaba, como una brisa fría entraba a una casa donde siempre las ventanas estaban cerradas. Fue como sentir que algo estaba a punto de pasar. Grité los nombres de mis padres y no tuve respuesta. Empecé a sentir miedo... No de ese miedo paralizante, sino de ese curioso, del que te hace sentir que algo distinto está pasando.

Volví a escuchar la voz pronunciando mi nombre. Ahora venía del segundo piso. Subí sin pensarlo, como si todos mis sueños me esperaran al terminar esa escalera. No creo que fuera miedo, creo que lo que realmente sentía era adrenalina, como cuando hice el amor en aquel sueño.

La voz empezaba a ser cada vez más repetitiva, por momentos pensé estar alucinando, hasta que descubrí de dónde venía... El cuarto de mis padres se convertiría en el lugar donde descubriría toda esta verdad. Sobre la cama había muchos papeles de un hospital, el hospital donde nací. Cartas, ecografías, documentos legales... Incluso unas fotos de mi mamá sosteniéndome entre sus brazos. Quise indagar, siempre he sido muy curioso, pero ahora más.

Al leer esa carta sentí ganas de vomitar. No podía creer que lo que ahí decía fuera verdad. Sentía rabia y desconcierto entre mis venas, tanta que no sé ni cómo explicarlo. ¿Tengo una hermana? ¿Dónde está? ¿La dieron en adopción? Fueron tantas preguntas en un instante, que fue más fácil pensar que estaba soñando otra vez.

Yo dejé todo exactamente en su lugar y silenciosamente

volví a mi cuarto. No pasó nada fuera de lo común, no preguntaron nada. Cuando bajé a la cocina logré ver con la puerta entre abierta que ya no había nada en la cama. Yo no lo escuché subir en ningún momento, me imagino que fue eso, que no los escuché. Él estaba ahí sentado y al notarlo sentí que jamás podría verlo de la misma manera, como si dentro de mi corazón y mi pecho algo se hubiese roto. ¿Cómo no lo sabía? ¿Qué me están ocultando?

ESPUMA...

El universo es como un mapa de señales,
Unas obvias, otras no tanto.
¿Las estás escuchando?
¿Estás presente?

Me quedé dormido al entrar a mi cuarto, luego de pasar horas pensando. “Mierda... ¿Tengo una hermana?” y de tan poco entender la ansiedad terminó apagando mi cuerpo. El teléfono no paraba de sonar, llamadas y mensajes por texto, aplicaciones y redes sociales de muchas personas que realmente no me interesan. Lo puse en silencio cuando ya comenzaba a entrar en ese punto vacío entre el estar despierto y dormido.

Abrí los ojos y pude observar una escena tenebrosa. Un señor en medio de una jungla, construida con billetes y asfalto, lanzaba a muchos bebés contra lo que parecía un abismo sin fin. Yo estaba en esa línea de espera para ser destruido... Intentaba moverme, huir, escapar, pero las esposas de oro que tenía no me dejaban alejarme de mi inevitable destino. Era como ser un adulto en el cuerpo de un niño, mi mente en la piel de una criatura indefensa. Entonces, ese señor de cara conocida me tomó entre sus brazos y en el momento justo antes de lanzarme al abismo, abrió los ojos. Pude ver en él una mirada de odio muy profunda. Me atrevo a decir que en ella no existía amor, ilusión o compasión... Era sencillamente eso: odio.

Al despertar, entendí que todo había sido una horrible pesadilla. De saber lo que pasaría me hubiese encantado caer por ese abismo, no despertar, porque luego de ese sueño mi realidad empezó a transformarse.

Entré en la ducha, había transpirado mucho durante esa pesadilla. Regularmente me baño tres o cuatro veces en un día. Me desnudé, obviamente sin verme al espejo. Cada vez que me veo en un espejo siento que soy un experimento perdido, y aunque la gente me dice que tengo buen cuerpo o que soy muy bonito, no me lo creo, siento que no es así, me imagino que el mundo ve algo en mí que yo no logro reflejar en el espejo.

Suelo tomar duchas cortas, pero ese día en particular sentía el agua recorrer mi cuerpo de una forma distinta. Era un placer inmediato, como una caricia. Mi mente estaba en silencio por haber entendido a la muerte como algo que existe. Casi muero en mi sueño y lo asumí como una realidad. En ese momento parecía que todo lo que existía era yo en esa ducha. Escuchaba el agua caer y era semejante a volverme uno con el momento. Si me preguntaras qué es la magia, te diría que es ese momento. Escuché tanto el agua que se fue convirtiendo en una melodía, una canción con una letra repetida: "No estááás...." Fue lo primero que logré escuchar. Luego esa melodía se fue aclarando "No estás so..." "No estás soloooo". A veces me perdía cuando pensaba en cualquier cosa, pero el momento era tan mágico que quería oír la letra: "No estás solo".
Quedé petrificado, incluso me pellizqué, pues dicen

que es la técnica para saber que estás despierto. Pero lo escuché una y otra vez: "No estás solo", "No estás". En ese momento me pareció todo tan extraño que volví a la realidad y las gotas de agua solo significaban eso... Unas gotas de agua. Saliendo de la ducha las cosas no se convirtieron en algo cotidiano, si no en algo aún más extraño. Esa melodía no salía de mi cabeza, se repetía constantemente.

Vi la hora en mi celular al entrar al cuarto, eran las 11:00 p.m. ¿Pasé una hora en la ducha? Realmente se sintieron como 5 minutos. Creo que ahí entendí eso de que cuando estamos concentrados, el tiempo pasa volando. A veces soy disperso y hablo para adelante y para atrás. No escuchaba la voz de mis padres, mi mamá seguramente dormía y mi papá estaría tomándose su copa de vino de todas las noches. De repente, como por una fuerza extraña, sentí la necesidad de volver a la ducha, quería escuchar nuevamente esa melodía, o bueno, sencillamente estaba volviéndome loco.

Dejé que el agua corriera y se llenara la tina con espuma para dejarme caer en ella y ver si esa paz, esa tranquilidad, esa armonía volvían a mí. Me hizo sentir tanto, que hasta se me estaba olvidando el tema de mi hermana que nunca conocí. Esperé sentado en la poceta, a que se llenara la bañera revisando los mensajes ridículos de cumpleaños en mi teléfono... Si respondí uno o dos fue mucho, los demás los ignoré. Odio la hipocresía, odio que una persona me escriba solo el día de mi cumpleaños una vez al año.

Cuando me sumergí, el agua estaba muy caliente y llena de espuma... Esperé unos 10 o 15 minutos, mientras todo estaba en silencio. Ninguna melodía, ninguna canción, solo se escuchaba de vez en cuando una de las burbujas explotar. No soy bueno para esperar, me desespero, pero justo en el instante en el que pensé en levantarme para salirme y acostarme a dormir fue cuando la vi. Se reflejaba en las burbujas, la vi ahí... Era una mujer, creo que tendría mi misma edad. Era hermosa y lo que más me llamaba la atención eran sus penetrantes ojos negros. Volteé a todos lados para asegurarme que no hubiese más nadie en el baño. Al principio sentí un poco de miedo que luego se iría convirtiendo en curiosidad.

—¿Quién eres?

Pregunté una y otra vez, pero ella solo se quedaba ahí, reflejada en algo tan delicado como una burbuja, tan frágil y fácil de explotar. Pero no la quería deshacer, algo me decía que era mi hermana.

Cualquier persona diría que me estaba volviendo loco. No todo el mundo entiende lo que es sentir algo. La mayoría de los seres humanos viven solo pensando y haciendo lo que les dice su mente. No sienten, no conectan, no hacen nada. Estoy empezando a hablar como Cala.

En ese momento era algo que sentía, era algo que estaba en mi ser, mi corazón. Lo sabía, no sé cómo, sencillamente lo sabía y no paraba de pensar que por fin mi vida se estaba convirtiendo en algo interesante.

Todo se comenzó a volver más extraño: Sentí sus manos tocando mis piernas y fueron subiendo, tocándome, haciéndome sentir algo en mi piel. En cualquier otra situación hubiese salido corriendo, pero con ella no, era como si la conociera, incluso cuando no estaba seguro de si era real o no. En ese momento logré ver su cara salir del agua, viéndome con sus penetrantes ojos negros directamente a los míos. Fue como verme a mí, como si ya la conociera de toda la vida, como si supiera quién era. Se quedó ahí petrificada, desnuda frente a mí, solo viéndome. No sabía qué sentir, estaba sencillamente en blanco. No tenía miedo, incluso cuando una mujer que nunca había visto acababa de salir del agua. Todo lo contrario, fue algo interesante, algo distinto estaba pasando en mi vida, algo estaba pasando en mi vida.

¿Cuánto tiempo estuvimos ahí petrificados viéndonos a los ojos? Un minuto, diez, una hora, no lo sé... pero fue uno de los momentos más emocionantes que he vivido. Solo me vio y en el momento menos esperado me tomó la cara y me empezó a besar como nadie me había besado. No fue un beso sexual, incluso no fue un beso amoroso, fue un beso como de dos personas que se aman profundamente y tienen años sin verse. Fue un beso apasionado eso sí, un beso en el cual el tiempo se detuvo. Sentí como todo mi cuerpo se erizaba mientras el beso iba tomando más y más fuerza, hasta llegar a ese punto en el que sencillamente quería hacerle el amor. A ella sí, con ella sí lo haría y justo en ese momento, desapareció.

"Me estoy volviendo loco". Solo eso pensaba, acostado en mi cama viendo el techo. "Acabo de besarme con un fantasma o una alucinación" Ni siquiera sé qué pasó. Todo fue tan extraño entre la carta y el baño que tomé la decisión que jamás pensé tomar. Leería esos libros que me ha regalado Cala, para ver si lograba entender algo de lo que me pasaba.

Entre las letras y las palabras me quedé dormido. Quería saber más, quería entender, pero hay un momento en el que todo es tan confuso que lo mejor es dormir. Esperaba que mañana siguieran pasando cosas así en mi vida y que no volviera a ser el mismo cuento aburrido de todos los días. A lo mejor debería ser un poco más cuidadoso con lo que le pido al universo, eso lo leí ayer en el libro.

A la mañana siguiente, me desperté sin ninguna actividad paranormal u otro pariente desconocido. Eso me decepcionó, pero debo confesar que me alivió un poco, hasta que me paré frente a un espejo y la vi a ella, acostada en mi cama, dormida. Obviamente volteé y ella no estaba, solo la podía ver a través del espejo.

TÓCAME UN SENO

"¿Acaso siente culpa la yegua al acostarse con el potro antes del matrimonio?"
¿Qué es verdad? ¿Qué es prejuicio?

misterio
tacto
010001
100100
INFORMACIÓN
SENTIDOS
experiencia
JUICIOS
010001010
MIEDOS
Polaridad
Mentiras
movimiento
0102
000010

¿Será que llamo a Cala? Era lo único que pensaba mientras estaba petrificado intentando hilar en mi cabeza lo que estaba pasando: ¿Hay un fantasma durmiendo en mi cama o no es un fantasma? Me acerqué para verificar que no hubiera nada, la toqué como si estuviera ciego, aunque nunca me ha fallado la vista. No había nada, volteaba al espejo y ahí estaba, veía la cama y no. Lo de ayer fue interesante, pero esto ya me empezó a causar un poco de miedo, tan grande que hasta me cortó la respiración. Sonó la puerta y ese ha sido el mayor susto que he tenido en mi vida. Mi madre, tan bella, entró con una sonrisa tranquila en su rostro.

—Buenos días, ¿Estás bien? Se te está haciendo tarde. Dijo dulcemente.

—Sí, me quedé dormido, ya voy a vestirme. Respondí.

No le podía decir que había un fantasma en mi cama y que me trasnoché por estarla besando en la ducha. No se lo podía contar o por lo menos no si quería estar lejos de un internado psiquiátrico. Luego de desayunar, subí al cuarto. Nunca había sentido tanto miedo de entrar a un lugar. Abrí la puerta y estaba vacío, se había ido. Acabo de ser utilizado sexualmente por un fantasma, pensé, y sí, definitivamente me estoy volviendo loco. Esto solo lo podía hablar con una persona.

En mi colegio todos me saludan, todos saben quién soy, pero hoy no tengo ganas de ser amigable o simpático con nadie, quería conseguir a Cala como fuera para poder hablar con ella y hacerle saber esto que estaba pasando. ¿Dónde se metió? A ella le encanta sentarse sola en cualquier lugar del colegio para escuchar música y leer. Nunca he entendido cómo lee y escucha música al mismo tiempo, pero lo hace. Sí, ella es el "bicho raro" del colegio. Creo que yo soy su único amigo. Y por si lo pensaste, no sirve de mucho escribirle al celular porque es de esas personas que puede pasar el día entero con el teléfono sin batería y no le importa. La busqué en el patio, las canchas, el gimnasio, el comedor, ¡en todos lados! y nada. Pasaron el primer y el segundo recreo y nada, no aparece, se la tragó la tierra, o a lo mejor se la llevó la fantasma, no lo sé, solo sé que no está.

A la hora del almuerzo siempre me encuentro con la misma situación: No sé con quién comer. Por un lado está Cala que come sola, sentada en la grama, fuera del comedor; por otro lado están mis amigos del equipo de soccer, a los que detesto a uno más que al otro. A veces prefiero sencillamente no comer, es un momento particularmente incómodo para mí. Ya que no tenía de otra, me senté a comer con mis amigos del soccer: Julian, Alberto, Rafael, Rubén y Sebastián. Nunca sé cuál es Rubén y cuál es Sebastián, ya que son gemelos idénticos. Cuando estamos jugando se vuelve incluso más confuso aún.

Terminaron las clases y no sabía nada de Cala, ¿Dónde se habrá metido? Estuve todo el día un poco paranoico con los sonidos y cosas que pasaban. Sentía que en cualquier momento se iba a aparecer el fantasma.

Caminando por la calle, pasé por un parque que estaba muy cerca de mi casa, es uno a donde suelen ir algunos estudiantes los viernes a beber algún licor barato que consiguen que por ahí les compren. Ese día solo había una persona ahí, Cala. Estaba sentada sobre una manta con los ojos cerrados y sin moverse. Me acerqué con mucho cuidado, no quería asustarla. Me paré frente a ella y abrió sus ojos. Me vio sin decirme nada y me sonrió, volvió a cerrar sus ojos y no soporté. La agarré por los hombros.

—¿Por qué eres tan desesperado? Preguntó y se echó a reír.

Indagué sobre lo que qué estaba haciendo y me habló sobre la meditación Bipasana. No entendí mucho lo que me dijo, es algo como no moverse y meditar desde la incomodidad. No le hice mucho caso.

Ella siempre ha sido así, rara, diferente, conectada con el universo y la naturaleza. Sabe sobre metafísica, física cuántica y realidades paralelas, pero siempre ha sido la mejor consejera que he tenido. Es única, es una de las personas más importantes que tengo en mi vida. Sabía que sería interesante contarle sobre lo que me estaba pasando, pero no sabía cómo explicarle. Ella es mi cómplice, más no es normal que una persona te cuente sobre cómo acaba de tener una aventura paranormal-sexual con su hermana muerta, o la que creo yo que es mi hermana.

—Esto puede sonar extraño: Besé a mi hermana que no sabía que existía y que ahora se me aparece como un fantasma

Intenté ser cauto, no lo logré. Su cara de asombro era extraña, pero a la misma vez excitante, como cuando me salía un grano y ella lo veía y lo quería explotar.

—Explícame todo con calma, me dijo.

Ella es la única persona que no pensaría que estoy loco. Empecé a contarle lo que había sucedido la noche anterior y su cara era indescriptible. Prestaba tanta atención, como siempre lo hacía. Si interrumpía en algún momento era para preguntarme cosas, como quien quiere saber más, ella quería que yo siguiera hablando. Mientras conversábamos se fumaba los cigarrillos que ella misma liaba. No sé quién se los compraba, pero siempre los tenía, eran naturales, orgánicos, no sé si tenían un poco de marihuana, pero imagino que sí.

—Entonces... ¿No eres gay?

Esa pregunta me pareció tan extraña. Nunca habíamos hablado de sexo más que esa vez que a ella se le ocurrió la idea de fingir los orgasmos.

—No, no lo soy, le respondí mientras ella me miraba con sus ojos encantadores. Y no digo encantadores porque estuviera enamorado de ella, sencillamente eran de esas miradas que petrifican. Nunca olvidaré lo que me dijo ese día:

-De verdad tú crees que lo único que existe en el mundo es lo que podemos ver y tocar. No Tommy, hay mucho más. Yo siempre he intentado que lo entiendas. A ver mírame directamente a los ojos…

Y lo hice, pero no aguanté mucho tiempo

—Ves, somos así, nos da miedo descubrir que existe algo más allá. Por eso no me puedes ver directamente a los ojos por mucho tiempo. Viéndonos directamente a los ojos nos obligamos a ser vulnerables, porque somos buenos en mentir pero la mirada, la mirada nunca miente.

—Yo no te estoy mintiendo, le dije.

—No digo que lo estés haciendo, es sencillamente una manera de que puedas verlo. Ahora, hablando de esta aparición, la próxima vez, qué tal si en vez de pensar con tu pito intentas hablar y comunicarte con ella a ver qué quiere, quién es… No te juzgues ni pienses que te estás volviendo loco. Todo lo contrario, considérate afortunado por lo que puedes conseguir: información. De eso se trata de encontrar información, experiencias.

Hizo un silencio incómodo y me dijo:

—Tócame un seno

Porque ella siempre tiene que salir con sus cosas extrañas...

—Tócame un seno, repitió.

No sabía qué decirle, a veces no la entiendo

—Tócamelo anda, vas a entender

Creo que fui tosco, pero es mi manera regular de actuar. Le agarré un seno y ella se quedó viéndome.

—Listo, ¿Lo ves? información. Una experiencia más, me tocaste un seno. ¿Y qué pasó? ¿Se acabó el mundo? No, nada... Es sencillamente información. Todo lo demás que puedas creer sobre algo tan simple como tocarme un seno son mentiras y creencias que no sirven, no valen nada. Todo en la vida es simplemente información.

Tenía un buen punto. No pude dejar de pensar en eso camino a casa. No tenía una solución o una respuesta a lo que estaba pasando, pero era sencillamente información. Pensé que la próxima vez que se me apareciera el fantasma de algo me serviría eso que me dijo Cala. Ella siempre sabe qué decirme, incluso cuando no lo entiendo en el momento, más adelante lo logro entender.

Antes de entrar a mi casa, vi sentada en el porche de la casa de al lado a la señora Keyla. Ella es de estas viejas extrañas que solo cuidan su jardín, leen libros y toman té. Su esposo murió hace dos años y desde entonces todos creemos que se está volviendo loca. La escuchamos gritar en las noches y poner música a todo volumen. Regularmente cuando pasaba frente a su casa, me decía alguna frase extraña mientras me saludaba agitando su mano.

—Nadie sabe nada y todos sabemos todo, depende de cómo lo queramos ver, dijo, y volvió a su libro mientras tarareaba una extraña melodía.

Yo pensaba ¿Ella dejaría que le agarrara un seno? ¿Se ofendería? No lo sé, pero creo que sencillamente no tomaré el riesgo, agarrarle un seno debe ser muy desagradable.

Al entrar a casa no pasó nada extraño, ni en los espejos. El momento antes de entrar en la ducha para arreglarme e irme a mi práctica de soccer fue uno de los más tensos. Cada gota de agua que caía sentía que algo extraño iba a suceder. Pero nada, nada pasó o nada pasaba. Mis padres no estaban en la casa, eso ya se estaba volviendo costumbre. Entonces sonó la puerta.

VAPOR

En medio de la confusión,
a veces no se ve con claridad,
pero al escuchar tu canción,
sé que somos vanidad.

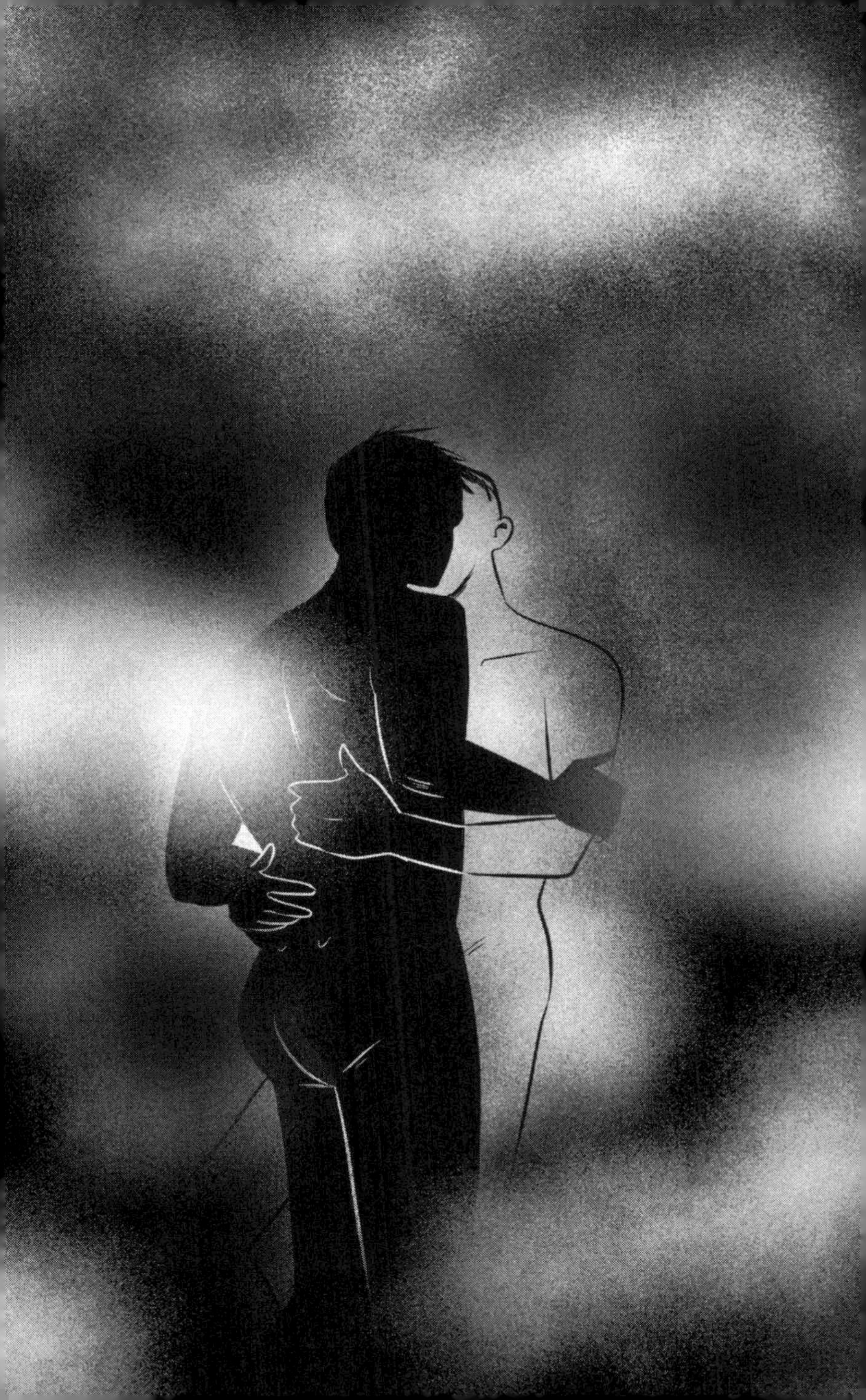

Bajé en toalla, pensé que sería el correo o algo menos importante. Al abrir la puerta realmente me aterroricé. Estaba la señora Keyla en bikini con un plato de comida en las manos.

—Últimamente te dejan mucho tiempo solo... Preparé almuerzo y pensé que te gustaría comer un poco... Además mírate, estás muy flaco.

Me dijo eso mientras sonreía. Pude notar algo, ella mira mucho directamente a los ojos, le gusta ver y mostrarse vulnerable.

—Estoy preparando un tobogán de agua con espuma para divertirme en la tarde, si quieres venir estás invitado luego de comer.

Tomé el plato de comida y le expliqué que tenía práctica de soccer. La verdad es que hubiese inventado cualquier excusa para no ir con ella. Me da un poco de miedo, es extraña. Me dejó la comida y se fue... No me la iba a comer. Volví a la ducha y nada pasó. La verdad creo que fue más aterrador lo que pasó con Keyla, que lo que hubiese ocurrido si el fantasma se me hubiese vuelto a aparecer.

La práctica estuvo normal, algo de actividad física y luego unos cuantos chutes. Como siempre me confundí entre los gemelos y metí todos los goles. El entrenador me felicitó porque estaba logrando bajar de peso como tenía que hacer si quería mantenerme como capitán. Luego fuimos a las duchas. El calor ese día estaba insoportable y todos estábamos muy sudados. No me gusta estar sudado y no iba ir así a casa.

Cada vez que estamos en las duchas pasa lo mismo. Julián es un poco exhibicionista y le encanta mostrar sus partes íntimas y hacer chistes sexuales. Incluso imita como se lo haría a las niñas del colegio. Alberto, él es una persona tranquila, no habla mucho, no sé mucho sobre él; siempre se ríe y sigue con los temas de conversación que se van dando. Rafael siempre tiene algún problema con las materias, con sus padres o con su novia que está en otro colegio. Las duchas son el único momento en el que logro diferenciar entre Sebastián y su personalidad egocéntricamente creída. Rubén... digamos que él es tranquilo, incluso un poco tierno. Creo que eso de mirarnos a los ojos y estar en las duchas sería lo mismo en cuanto a qué mostramos, quiénes somos en realidad.

Siempre espero que todos salgan de las duchas. Me parece incómodo andar desnudo por ahí mientras hablamos sobre cómo nos fue en el entrenamiento o cómo pasó la práctica. Todos se bañaron y yo me quedé pensando en porqué Keyla sabía que últimamente me estaban dejando más tiempo solo, el tema de mi hermana fantasma se me estaba olvidando un poco.

Cuando todos se fueron, acordaron ir al parque y conseguir quien comprara una botella de alcohol. Yo no bebo, por los entrenamientos y porque realmente ver lo que el alcohol le ha hecho a mi papá me ha mantenido lejos de ese mundo. Pero les dije que iría para allá. Creo que estaría mejor mientras menos tiempo esté en mi casa con unos papás que me han mentido toda la vida, la vieja que quiere armar un parque acuático en su patio y un fantasma asechando.

Me desnudé y empecé a bañarme. Todo empezó a ponerse extraño, a llenarse de vapor, de agua, no tenía la ducha tan caliente como para que eso pasara… pero fue ahí cuando la vi. Su sombra caminaba desnuda hacia mí acercándose desde el otro lado y poco a poco logré ver su cara… Era ella y sus ojos negros. Me miraba como un animal que ve a su presa. Quedé un poco paralizado, pero en mi mente no dejaba de repetirse todo lo que me había dicho Cala. No sabía si la iba a poder volver a ver, tenía que aprovechar la información, saber quién era, porqué me perseguía y asegurarme que no me estaba volviendo loco. No sabía qué decirle, qué hacer, ni cómo accionar. Así que hice lo único que pensé podría ser mi oportunidad para saber que era real y no era un producto de mi imaginación. Le toqué los senos.

Su cara cambió drásticamente como quien quiere reírse a carcajadas y a la misma vez le parece un momento insólito. No sé por qué sentía confianza con ella y más ahora que descubrí que los fantasmas también tienen sentido del humor. Ella solo se quedó viéndome y sonriéndome. Quité mis manos rápido, ¿Qué carajo estoy haciendo? Pensé.

—Kamil. Me dijo. Su voz era dulce, era armonía, era la voz que escuché la vez anterior.

—Tomás. Le seguí el juego.

—Lo sé, respondió.

La verdad en ese momento quería hacerle tantas preguntas, más a la misma vez su presencia me hacía sentirme nerviosamente cómodo e incómodamente asustado. No sabía qué preguntarle ni qué decir, así que sencillamente esperé a que ella dijera algo. Era precisamente ese momento molesto en el que sabes que tienes que hablar, pero no tienes idea de qué es lo que tienes que decir.

—No tengas miedos, soy Kamil, nacimos el mismo día. Tengo mucho tiempo queriendo poder hacer contacto contigo y decirte todo lo que tienes que saber.

Me quedé petrificado. Acercó su mano y me tocó la cara.

—Qué hermoso estás. La última vez que te vi eras solo un bebé lleno de sangre.

Volvió el silencio incómodo. De verdad no entendía nada. Lo que leí en la carta ¿Era real?

—¿Cómo? Fue lo único que salió de mi boca.

—Es complicado de explicar. Tú y yo estuvimos juntos en la barriga y el día de nuestro nacimiento pasó algo muy feo, muy fuerte… Estoy segura que si lo quieres recordar, lograrás hacerlo. Yo no quiero ser quien te diga esas cosas tan horribles. Yo estoy aquí solo para amarte y hacerte saber lo importante que eres. Dijo y me sonrió.

Por alguna razón su sonrisa me hacía sentir tan bien, tranquilo, en paz. Lo único que pude hacer fue sonreírle de vuelta.

—¿Qué fue lo que pasó? Pregunté, y ella se quedó ahí, viéndome y sin decir nada. Pude notar cómo dentro de su sonrisa se le comenzaron a aguar los ojos, como un volcán que está a punto de estallar.

—No me tengas miedo. Yo te voy a ayudar a recordarlo todo. Me dijo, mientras una lágrima caía por su mejilla. Pude sentir su dolor. Estuvimos durante toda la conversación viéndonos directamente a los ojos.

En ese momento tomó mis manos y las puso sobre sus senos. Escuché cómo se abría la puerta del baño, ella ni se movió, ella seguía viéndome directamente a los ojos.

—No van a venir, dijo.

Escuché la voz de Rubén o de Sebastián. Hablan igual.

—¿Hay alguien? Dijo esa voz que no lograba identificar.

Lo siguiente fue como escuchar una película de pornografía. No sé con quién estaba, solo escuché como decía "No hay nadie cierra la puerta" y empezaba a besarse con alguien golpeando las paredes.

Kamil me miró a los ojos y dijo:

—Información, todo en la vida es información.

Y me empezó a besar como esa vez en la ducha. No quería hacer mucho ruido, suficiente con lo que estaba pasando fuera de las duchas. No paso más que eso, besos y besos, millones de besos que me hicieron sentir en el paraíso. Con ella conocía la sensación más hermosa que puede sentir un ser humano, con ella sentía que pertenecía a un lugar. Le pertenecía a ella.

Luego de besarme, escuchamos la puerta abrirse y cerrarse una vez más. Me vio, volvió a tocar mi cara y con una sonrisa me dijo:

—Te amo, nos vemos pronto. Y desapareció en medio de la niebla que hacía el vapor.

Al salir de la ducha me conseguí a Rubén. Era él quien estuvo en el baño, lo podía intuir. Estaba un poco agitado y medio tapado con una toalla. Creo que no notó mi presencia, hasta que logré agarrar una toalla para taparme. Cuando me vio tenía cara de sorpresa y vergüenza. Fue un momento muy incómodo. Ninguno de los dos quería decir nada. Él empezó a recoger su ropa, la cual estaba regada por el baño y yo me empecé a vestir sin decirle nada. La verdad es que la vida sexual de cada uno es indiferente para mí.

—¿Por qué te has tardado tanto? Me preguntó cuándo ya los dos estábamos casi completamente vestidos.

—Porque me di un baño largo…

No le iba a contar, no tengo tanta confianza con él.

—¿Si recuerdas lo que paso?
No sabía si decirle "sí, escuché cómo tenías sexo con alguien" o sencillamente decirle lo que dije, no quería hacer el momento más incómodo…

—Solo agua cayendo

Me miró y sonrió placentero por saber que nadie había descubierto su secreto. Se despidió de lejos y salió. Y menos mal que se fue. En ese momento empecé a temblar. Sí, mi vida se estaba tornando interesante, pero aún pensaba en algo que me tenía molesto… ¿Cómo podía verles la cara ahora a mis papás? ¿Por qué no me habían contado nada? Creo que tengo derecho de saber este tipo de cosas. ¿Qué me ocultan? Respira, Tomás. Respira…

RESPIRA

Respira... 1, 2, 3, 4, 5.
Una vez dije: "No le dejo a nadie que lo viva,
esa sensación de seguridad de que te vas a morir"

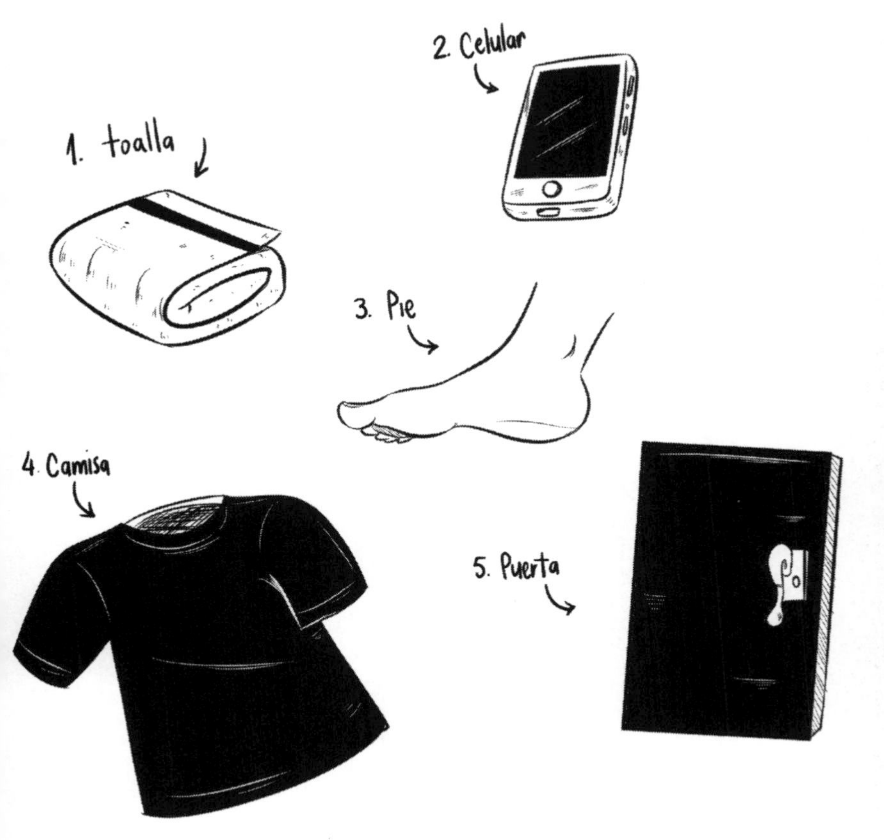
1. toalla
2. Celular
3. Pie
4. Camisa
5. Puerta

Empecé a tener el pensamiento recurrente más extraño que he tenido en mi vida... Sentía dentro de mí y tenía la certeza de que me iba a morir. Empecé a sentir frío en todo mi cuerpo y no podía dejar de pensar en la muerte. Buscaba la manera de comprobar que estaba vivo. Mi respiración estaba agitada y me tocaba en los puntos en los que puedo sentir mi corazón latir. Busqué mi celular por todas partes, pero no lo conseguía, necesitaba llamar a alguien, que alguien me sacara de ese hueco. Alcancé mi celular y llamé a Cala. Al escuchar su voz en el teléfono empecé a llorar. Era horrible lo que sentía, como si mi cuerpo no tuviera fuerza.

—Me voy a morir, le dije, y de una vez sentí cómo su tono cambió.

—Tranquilo, dime ¿Qué sientes y dónde estás?

Le expliqué, aunque ni siquiera recuerdo qué fue lo que le dije. Ella me dijo que seguramente era un ataque de ansiedad, nunca había escuchado sobre eso. A veces me sorprende cómo Cala sabe tanto de tantas cosas. Me dijo que era por sobrecargar la mente con pensamientos y que era una somatización del miedo, que hiciera un ejercicio mientras ella llegaba. Que nombrara cinco objetos: Toalla, celular, pie, camisa, puerta. Luego que oliera cinco cosas con olores distintos: el shampoo, el jabón, mi piel, mi camisa sucia, mi termo de agua. Luego, que tocara cinco cosas con distintas texturas: mi cabello, la toalla, el piso, la pared, el celular y lo seguí haciendo una y otra vez... Sí, me calmaba un poco, pero seguía sintiéndome horrible. Es la sensación más pesada que haya tenido. Luego de unos quince minutos, cuando ya no me quedaba qué nombrar, tocar u oler, Cala entró, serena, así como es ella. Se sentó sobre el suelo mojado y me recostó en su pecho. Puso sus manos frías sobre mi corazón y me empezó a decir una y otra vez:

—Respira...

Inhalaba, y cada vez que exhalaba ella hacía presión en mi pecho.

—Respira, respira... Tu cerebro necesita oxígeno.

Así me fue llevando poco a poco hasta que mi respiración se fue calmando, todo mi cuerpo empezó a tranquilizarse. Comencé a sentir muchas ganas de dormir, pero ella no me dejaba.

—No te duermas, sigue respirando, mantente despierto y respirando.

Poco a poco fui sintiéndome mejor, era como despertar de una pesadilla. No sé en qué momento Cala habrá dejado de decirme que me calmara, mientras empezó a cantar un canto hindú o algo así, pero se sentía muy melodioso. Me logró traer una vez más a mi centro.

—Ya pasó.

Me dijo mientras yo me levantaba y sentaba frente a ella.

—Fue un ataque de pánico. No puedes dejarlos que sean más fuerte que tú.

—¿A quiénes? le pregunte, me dolía un poco la cabeza.

—Tus pensamientos. Me dijo mientras me tocó la cabeza lenta y sutilmente.

Poco a poco pude volver a la realidad y vi todo lo que estaba pasando. Me había mojado toda la ropa y Cala también.

—Volvió a aparecer, aquí. Me dijo que era mi hermana. ¿Por qué mis papas me han ocultado que tuve una hermana? Le pregunté. Ella no me dejó alterarme.

Me hizo señas para que respirara.

—¿Por qué no se los has preguntado?

Y una vez más tenía razón. Pero no me sentía bien. Quería como estar acostado en la arena en una playa. Olvidarme de todo. Recogí mis cosas y Cala me invitó a ir a su casa a tomar té. No me gusta el té, pero no tenía ninguna otra opción.

Camino a casa, Cala me dijo cosas bastante interesantes y divertidas sobre el egoísmo del ser humano al no creer en los extraterrestres:

—Imagínate que somos tan creídos y nos la damos de tan importantes, que juramos que somos la única especie con vida en todo el universo. ¿Sabes cuán grande es el universo? ¿Sabes todos los planetas, estrellas y sistemas solares que existen en el universo? Y nosotros nos creemos los únicos con vida. Yo no pienso que realmente nuestros problemas puedan cambiar el rumbo del universo como para darles tanta importancia, por eso elijo vivir, y si me pasan cosas la utilicé como información. ¿De verdad tú crees que si mueres ahorita mismo algo va a pasar? No, nada muy importante sucederá, y no es que tu vida no valga, sin embargo, el mundo va a seguir rodando al rededor del sol. Somos egoístas al creer que nosotros somos el Sol y si nos morimos todo se acaba. Incluso de ser así, existen muchos otros soles. A lo que quiero llegar es a que evites que tus problemas representen algo más grande que tú, pues por eso es que se originan los ataques de pánico.

Y sí, tenía razón. Luego siguió explicándome teorías de según ella, cómo son los alienígenas. Dice que no cree que sean más avanzados en la tecnología que nosotros, que de ser así ya hubiesen logrado contactarnos. Además, ella piensa que no existe manera en que las cosas sean como lo muestran las películas, más que todo en el tema de que ellos quieran destruir la Tierra, pues para Cala, somos los seres humanos los que estamos destruyendo nuestro planeta. Y por ahí siguió hasta que llegamos a su casa y nos abrió la puerta su mamá, Josefina, otro "bicho raro".

—Mamá, ¿Qué crees tú de los extraterrestres?...

Eso fue lo primero que le dijo Cala a su mamá.

—...Que existen, que somos egoístas al creer que no existen. Respondió con su mirada de madre y su vestimenta bastante Hippie.
La casa de esta familia es bastante particular. No tienen

vidrios en las ventanas para respetar a la naturaleza, no tienen religión, son veganos y meditan la mayor parte del tiempo. Siempre tienen incienso encendido, pero algo que no se puede negar es que no se siente frío como en una casa regular, se siente realmente la armonía, la tranquilidad.

Cala se fue a arrancar unas plantas del jardín de Josefina para hacer el té y yo me quedé con ella. Realmente me encanta conversar con esta señora, mientras suena alguna música de los sesenta o setenta en el fondo desde la radio de la cocina. Su voz es tan calmada y tan serena, que siento que podría pasar horas escuchándola, sin sentir que quiero irme corriendo. No hablamos de nada en particular, sencillamente cómo iban las cosas, el soccer, cómo estaban mis padres, hasta que me preguntó algo que no pensé me diría.

—Y ahora, cuéntame ¿Realmente qué te está pasando? Porque siento que claramente no estás bien.

Quedé helado, no sabía sí contarle o no. ¿Me va a juzgar? ¿Va a pensar que estoy loco? Y justo en ese momento, saltó Cala desde la cocina quien venía con el té.

—Bueno, resulta ser que Tomás tienen una

hermana que nació, pero no llegó a vivir y ahora se le aparece como fantasma

Ella es así, sin filtro. Como tampoco tienen sillas, se sentó en el suelo con nosotros sobre unos cojines con grabados hindúes. La única silla que había en la casa era la de Josefina, una silla que se mecía para adelante y para atrás. Pensé que la señora se espantaría o creería que era un juego, pero fue todo lo contrario, incluso su cuerpo cambió de posición y empezó a indagar y hacer preguntas, lo que me hizo sentir muy cómodo al poder contarle todo a un adulto sin esa sensación de saber que me iban a enviar a un internado o a medicarme por estar loco.

—Primero hijo, respira el aire es gratis y es lo que nos mantiene vivos. Cada vez que sientas que vuelve esa ansiedad, respira. Siempre respira... Segundo, no te juzgues a ti mismo, ni a tus padres. Los papás de ahora a veces hacen cosas pensando que hacen un bien y terminan dañando a sus hijos, pero lo hacen con buena intención. Yo he conocido a los tuyos y si de algo estoy segura, es que ellos te aman. Deberías de conversar con ellos y preguntarles sobre esto. Dijo muy calmada.

—¿Cómo les voy a decir que sé que tengo una

hermana muerta? que se me está apareciendo sin sonar como un loco desquiciado. Le pregunté desde el fondo de mi estómago.

—Diles que leíste la carta. Si crees que ellos no te van creer lo de las apariciones, solo diles que conseguiste la carta.

Dio en el blanco. Necesitaba aclarar mi mente, necesitaba entender qué estaba pasando. No podía permitirme volver a caer en un ataque de pánico o algo así. Sí, es algo interesante, pero muy extraño lo que está pasando en mi vida. Necesitaba hablar con ellos.

Pasar el final de la tarde en casa de Cala siempre será una buena idea. Llegué a la puerta de mi casa y solo me dije algo a mí mismo antes de abrirla: respira...

EL MALO DE LA HISTORIA

¿Existe o no un malo de la historia?
¿La gente es capaz de hacer cosas con maldad?
¿Será que su historia les hace creer que sus acciones no son malas?
Solo son preguntas que pasan por mi cabeza.

¿MALO?

No había nadie en la sala... ¿No están? ¿No han llegado? Ya es tarde, ya deberían estar aquí. Entré a la cocina y lo vi ahí sentado, mi papá estaba tomándose un vino como todas las noches. No sabía si saludarlo o entrarle a golpes. "Respira, respira", me lo repetía en la cabeza. Eso de respirar funciona, lo pude saludar y para mi sorpresa el comenzó la conversación.

—Tenemos que hablar contigo, tenemos que darte una noticia.

Nunca he entendido porqué él es siempre tan dramático. ¿Será que por fin me contarán lo de mi hermana?

Me relajé un poco. Sentía que realmente me lo iba a decir. "Nada es casualidad" como dice Cala, era el momento. La conversación fue regular mientras esperábamos a mi mamá que se estaba bañando. Me preguntó sobre lo normal y cotidiano, cómo me fue en el colegio, cómo estuvo el entrenamiento. Mientras le respondía, llegó mi madre y empezó a cocinar. Me costó volver a la conversación, no sabía qué o cómo les debía preguntar, hasta que dije:

—Tengo que hablar con ustedes.

¿Por qué soy tan dramático y utilizo frases de novela? Después lo critico a él y hasta me termino pareciendo… Ese comentario fue como si hubiese aparecido un mono vestido de payaso en medio de la cocina. Mi mamá detuvo todo de inmediato. Mi papá se empezó a reír, a veces no soporto la poca importancia que es capaz de darle a las cosas que son significativas para mí.

Justo en el momento en el que iba a empezar a formular la pregunta, él se aproximó:

—Lo que necesitamos decirte es que tu madre y yo vamos a irnos de la ciudad por cuatro meses, le salió un caso en una ciudad a tres horas en avión y van a pagar muy bien...

Quedé congelado, no sabía cómo reaccionar. ¿Justo ahora? ¿No podían esperar a que yo entendiera qué estaba pasando? Lo que más me cansó fue su segunda parte del discurso:

—...Y como ya tienes dieciocho años creemos que te podemos dejar solo, no completamente solo lógicamente, por lo que tu tío Cristian va a estar viniendo a verte de cuando en cuando.

No sé qué era peor, si mi papá dejándose guiar por más juicios estúpidos como que "a los dieciocho años ya eres un adulto" o tener que verle la cara a mi tío Cristian.

Mi tío Cristian bebe alcohol, aún mucho más que mi papá, además de ser insoportable. No me gusta la gente que pasa todo el día hablando sobre sí mismos, alimentándose el ego y presentándose como lo mejor que le ha podido pasar al mundo. Él es el hermano mayor de mi mamá y cada vez que lo veo me cuenta las mismas historias, no deja que más nadie hable y por si fuera poco, la mitad de lo que dice son cosas inventadas. De verdad, es mentiroso, cada vez que sale con una historia, siempre tiene un desenlace diferente o las cosas pasan distintas a la última vez que contó la misma historia. Eso sí, él siempre termina siendo el que lo resuelve todo y el "bueno de la historia".

No soporté más y hablé sobre lo que yo quería saber y como de costumbre, nuevamente me falló eso de ser "sutil".

—No me pregunten cómo, pero sé que tengo una hermana muerta.

Para este momento mi mamá ya había vuelto a cocinar. Fue como si todo pasara en cámara lenta. Mi papá que estaba justo tomando un trago de su vino, dejó caer la copa contra el suelo. Mi mamá soltó la cuchara con la que estaba cocinando al piso. La copa se quebró en mil pedacitos y ambos quedaron inmóviles. Pensé que recibiría una explicación, pero antes de que mi papá empezara a hablar, mi mamá tomo la delantera, ella es la que siempre sabe cómo manejar las conversaciones, digamos que es un poco menos visceral.

—No, no tienes una hermana muerta. ¿Por qué dices eso?

Entonces les expliqué lo de la carta. No les pensaba decir sobre las apariciones de Kamil, ni su nombre, no quería volverlos loco, solo quería saber por qué me lo había escondido. Mi papá tomó una postura que incluso me daba miedo. Era como la expresión de una persona que sabe mucho y quiere contar poco. Mi mamá reaccionó de una manera totalmente diferente, muy amorosa y didáctica, como ella suele ser. Se sentó y comenzó a hacerme preguntas hasta dar con el punto de reírse, me dijeron que dejara de inventar ese tipo de cosas. Me molesta que me traten de loco. A mí no se me borraba de la cabeza lo que ella me dijo acerca de que había pasado algo horrible. La conversación fluyó, mi mamá estaba como intentando consolarme y mi papá no decía ni una sola palabra. Yo, de vez en cuando, interrumpí a ver qué tanto más lograba saber.

Entonces, ¿quién es el malo de la historia? pensé en voz alta, eso no lo quería preguntar. En ese momento mi papá se transformó en una versión muy dulce de él mismo. Fue como una alarma interna que se le encendió e indicó que debía interrumpir la conversación.

—Nadie, nadie es el malo de la historia. Tomás, ¿De qué estás hablando?

Vi como mi mamá se paraba y lloraba. Ella quería que yo no lo notara, pero sabía que estaba llorando, no sé si pensaba que me estaba volviendo loco o que escondía muchas cosas.

—¿Por qué te esconderíamos algo así? Tu mamá no es la más fea, pero tampoco la más bonita, así que cualquiera podría fijarse en ella y tener todos los hijos que quiera, no hay razón para que una bebé de ella muera durante el parto.

La verdad este comentario me molestó. ¿Por qué es tan anticuado? Pensé, pero no quise preguntar más, sentí que ya era suficiente. Prefería cambiar el tema. A veces hago eso, dejo de preguntar o de hablar por no hacerles daño a las personas que amo y sabía que mi mamá en ese momento se estaba empezando a preocupar.

—Disculpen, pensé que no me querían contar y solo quería aclararlo

¿Qué más hago? ¿Qué digo? ¿Cómo desvío la conversación?

—¿Para dónde es el viaje? Les pregunté, fue lo primero que se me ocurrió para evadir el tema y seguir con nuestras vidas "normales". Mi mamá es muy sabia, ella sabía lo que estaba haciendo. Se acercó a mí mientras mi papá empezaba a recoger el desastre que había en el piso. Me abrazó muy fuerte y luego, limpiándose las lágrimas me dijo: Saint Lucas.

De ahí en adelante fue una noche normal. Mi papá bebiendo, cenamos en familia y no se volvió a tocar el tema, más sabía que había algo que aún no me querían decir.

Terminé de comer y subí a mi cuarto, estaba muy cansado y ya quería dormir. Me bañé rápido, para evitar que pasaran cosas extrañas y me acosté viendo el techo. Era de esos momentos en los que tienes el cuerpo cansado, pero la mente no para. Pensaba y pensaba, tenía calor aún con el aire acondicionado muy frío. Cerré los ojos y empecé a respirar, no quería que me diera otro ataque de pánico. Al abrir los ojos estaba ahí.

Kamil estaba parada frente a la cama, la verdad es que quería gritar, pero algo me obligó a callar. Primera vez que la veía vestida. Su ropa era toda negra. Empezó a sonreírme. Yo quede petrificado. Aún no me acostumbraba a ver un fantasma que aparece cuando le viene en gana, menos a uno que sabía que era algo tan mío, y mucho menos uno que ya hasta había besado.

—¿Aún me tienes miedo? Me preguntó, con una voz tan dulce como su rostro. No pude responderle, seguía sin poder decir ni una palabra. Se sentó en la cama como cualquier persona. Por primera vez no aparecía en un lugar extraño y debo decir que no se sentía como una presencia fantasmal.

—¿Sí sabes que te están mintiendo? Me preguntó.

Lo sabía, pero ella no quería explicarme nada. Por alguna razón desconocida para mí, quería que yo lo supiera. Me contó que mi mamá no sabía nada, que ella estuvo ciega durante el parto u no podía ver todo lo que pasaba, que mi papá era quien conocía realmente lo que había pasado, que todo lo que ella quería era que yo lograra acordarme del momento que acabó con su vida en este plano. En un momento hizo referencia a los libros, de hecho, tomó varios de mi biblioteca y me dijo que no dejara de leerlos, que no dejara de buscar respuesta a todas mis preguntas. Era extraño, todo fluía como si estuviera en hablando con una amiga con una que conozco de toda la vida. De vez en cuando ella me tomaba la mano, ponía la suya en mi hombro. Fue ahí cuando supe que le podía hacer la pregunta a ella, porque sí sabría respondérmela.

—¿Quién es el malo de la historia? Le pregunte y quedó helada.

Por primera vez pude verla vulnerable, incluso me quitó la mirada de los ojos. Y me dijo que ella no podía decirme quién era el malo, que eso lo iba a descubrir yo. Además, ¿Quién define que está bien y que está mal? Nadie. Un asesino cuando mata siente que tiene razones para hacerlo ¿Y quién le puede decir lo contrario? ¿Las leyes? no, porque ellas fueron creadas por el ser humano y todo lo que crea éste, son para poder tener control sobre algo.

Me dio un beso en la boca, un beso tímido y apenado. Pensé que iba a desaparecer, pero antes de hacerlo me dijo:

—No juzgues, te lo digo otra vez. Y se fue.

No sabía si sentirme tranquilo con el hecho de que me sentía cómodo con la presencia de ella en mi vida, pero no dejaba de hacerme preguntas. Quería saber qué había pasado realmente, cuál era la parte que aún no me habían contado. Después de esa aparición, mi mente se quedó pensando hasta que logré dormirme. Lo que tampoco sabía era que al día siguiente, mi vida cambiaría para siempre y que esta aventura que empezó como algo sin mucho sentido, sería lo que me llevaría a perder el control.

LA PALABRA AMOR NO TIENE SENTIDO

El amor…
¿Quién no ha sufrido amando?
¿Quién no ha reído amando?
¿Quién no se ha preguntado mil veces?
¿Qué carajo es el amor?

CUPIDO
HDP

Adoro los días sábados porque me puedo levantar tan tarde como quiera. Me despertó un alboroto que no sé por qué había en mi casa. No era como si hubiese un problema, todo lo contrario, escuchaba risas, cosas golpeándose. Cuando salí no podía creer lo que estaba viendo. Mi papá estaba lanzando unas maletas por un tobogán construido con cartones, mientras mi mamá se reía abajo de las escalera histérica pidiéndoles que tuviera cuidado. Sí, pidiéndoles, porque quienes recibían las maletas eran él y el insoportable de mi tío Cristian, que obviamente y para mi sorpresa, ya había llegado. Se tardaron un poco en notar mi presencia, lo que no entendía era para que eran esas maletas. No entiendo por qué ellos dos cuando se juntan, se comportan como niños de cinco años. Creo que es un mal de la gente mayor, tienen que hacer cosas que les hagan volverse niños otra vez y hacer estupideces.

Mi me vio y me dijo que justo estaba a punto de despertarme para despedirse. Ellos olvidaron comentarme anoche que su viaje era hoy, pequeño detalle... No estaba preparado para quedarme con mi tío, no hoy, no ahora. Él subió las escaleras corriendo para darme un abrazo, uno de esos que parece que te quieren pegar los pulmones del pecho de la fuerte que te golpean la espalda. No lo soporto, así es él. Mi papá en una de esas aventó una de las maletas tan fuerte que golpeó a mi tío en la cara. Comenzó a sangrarle la nariz y era como ver una parodia ridículamente gringa.

Se despidieron con besos y con el clásico sermón de qué hacer y qué no hacer. Claro, mi tío no se cansó de repetir que con él en casa nada malo me podía pasar. Bla, bla, bla... Pero obvio, ninguno de los dos teníamos ni idea de lo que iba a suceder. Se montaron en el taxi y justo antes de irse yo salí de la casa, mi papá volteó y me lanzó la típica frase que los padres adoran usar para hacer que sus hijos sientan miedo a decepcionarlos: "Confiamos en ti". Se fueron y justo en ese momento la señora Keyla salió de su casa con una taza de café en la mano. Mi tío me imagino que ya se estaba sirviendo el primer trago del día.

—Otra vez te van a dejar solo, Darling.

—Se van de viaje, le dije.

Sonrió y se quedó viéndome. Fue bastante incómodo porque no decía nada. Yo quería entrar, pero me han enseñado a ser educado. Le sonreí y volví a mi casa. ¿Recuerdan que dije que adoro los sábados? Bueno, mis sábados no solían empezar tan extraños, pero como últimamente en mi vida las cosas estaba tan fuera de lo común, no pensé que nada pudiera sorprenderme más. Entré y mi tío se había desaparecido, así que pensé que dormir un poco más sería lo mejor y eso hice.

Oí un ruido extraño, agradable pero extraño mientras abría los ojos. Escuché que mi tío tenía puesto un rock de los años 80's a todo volumen. No lo soporto. Estaba escuchando una canción que conocía y me gustaba, pero ¿Por qué a todo volumen? Al salir me di cuenta que habían por lo menos cinco o seis botellas de cerveza vacías. Al verme, le bajó el volumen a la música y me invitó a unirme a su recital barato sin público. La verdad es que mi mejor opción era salir de casa lo antes posible.

No salí con algún destino específico, sencillamente tomé todo lo que podía necesitar: mi celular, el cargador, algo de dinero en efectivo, un cuaderno y un bolígrafo. Siempre he querido escribir, pero nunca lo he hecho. No sé, creo que no me veo futuro en eso. Saliendo de mi casa vi a la señora Keyla sentada en su porche. Estaba tomando más café en su taza y me dijo esta frase: "Las mejores historias comienzan cuando no sabemos por dónde comenzar". Por alguna razón, ella siempre sabe qué decirme acorde al momento que estoy pasando. Yo la saludé y seguí mi camino. Mi destino seguro sería la casa de Cala. Me encanta estar ahí, la llamé un par de veces, pero el celular estaba apagado. Decidí caminar en esa dirección y ver que conseguía. Pasé cerca de unas canchas de soccer que alquilan para hacer partidos y como no vi a nadie conocido pensé que a lo mejor hoy no era día de juego.

Pasé por el parque y no vi a nadie ahí tampoco.

Llegué a casa de Cala y toqué la puerta. Me abrió Josefina quien, como siempre, tenía música puesta, olor a incienso y una taza de té en la mano. Me invitó a pasar, le pregunté por Cala y me dijo que seguía durmiendo. Hablamos un rato, de verdad ella me encanta. Me ofreció comida vegana, no sé por qué detesto esa comida en todos los lugares menos en su casa ¡Sabe tan bien! se nota que lo cocinan con amor. Y bueno, casualmente empezamos a hablar sobre ese tema, el amor.

—¿Alguna vez te has sentido enamorado?

No sabía si confesarle que por la única persona que había sentido eso era Kamil. Nunca me ha gustado el tema del amor, siento que es tan relativo... pero decidí decirle, qué más da, total, ella es lo más parecido a un psicólogo que puedo conseguir. En ese momento apareció Cala desnuda. Cualquier persona sentiría pena de hacerlo y más con su madre ahí, pues podría regañarla, pero no, ella sencillamente se estiró y me saludó como si nada. Siguió a la cocina y Josefina no le hizo mucho caso. Ella quería saber más sobre lo que pasaba con Kamil.

Ese momento fue como si una botella de champaña

estallara, le empecé a contar todo... ¡Todo! Desde la carta, hasta la conversación con mi padre. En el momento en el que Cala escuchó que mis padres no estaban en la casa, saltó a decir que teníamos que ir a una fiesta, que era el momento perfecto y que debíamos aprovechar. Nunca antes lo había hecho y me gustó la idea, además, lo único que podría impedirlo sería mi tío, pero para la noche él no podría con la borrachera. Seguimos conversando y todo pasó tranquilo, ambas me explicaron teorías sobre el amor, y en algún momento, Cala se vistió con una bata. Mientras seguíamos hablando, Josefina se levantó a buscar unas cosas y fue cuando Cala me dio la idea que cambiaría mi vida.

—Okey. Iremos a un lugar que está abierto las veinticuatro horas, siempre hay poetas, cantantes y bandas hablando sobre el amor. Se llama "Cupido es un hijo de puta" y podemos entrar porque el guardia está enamorado de mí, ¿Vamos?

¿Por qué ella no me invita a jugar bowling? Siempre sus planes son tan extraños. La verdad es que antes de estar en el recital de mi tío nada podía ser peor. Nos despedimos de Josefina y empezamos a caminar a ese bar.

Creo que nunca había entrado a un lugar tan extraño. Cala no se cansaba de invitarme a lugares extraños a los que yo nunca aceptaba ir, pero en este momento de mi vida ¡qué tanto! Jamás pensé que existiera un lugar así en Nueva Kelicia. Todas las personas tenían piercing, tatuajes o el cabello pintado de algún color extravagante. Las mesas eran algo similares a una pista de baile y a una tarima. Creo que lo que más me impresionó fue ver como todos conocían a Cala. En ese momento estaba alguna persona muy "diferente" leyendo un poema y todos le prestaban atención. Nos sentamos en la barra y Cala pidió un trago, que creo pago con un beso en la boca que le al bartender. Al terminar el recital, todo el mundo aplaudió al chico del poema. En ese momento empezó a sonar música electrónica. Fue muy extraño todo. Había personas arreglando el escenario para un cantante y mientras hablaban, pude ver cómo dos mujeres se besaban. Cala me ofreció un trago, pero como no bebo se lo negué y yo tomaba agua. Empezamos a hablar de muchas cosas hasta que ella se encargó de sacar el tema de Kamil.

—Entonces… ¿Ha vuelto a aparecer?

Le conté sobre lo que había pasado con mis padres y que por primera vez la vi vestida. Ella estaba encantada con lo que me estaba pasando, eso lo podía sentir. De repente, llegó una mujer que saludó a Cala con mucho cariño, me pareció algo extraña, y si no me equivoco también la besó en la boca. Poco a poco empecé a sentirme más a gusto en este ambiente de personas incomprensibles para mí, y no uso ese adjetivo porque así lo piense, sino que mi papá siempre me enseñó a vivir una vida tan "común y aburrida", que ese entorno poco convencional me hacía sentir extraño.

En un momento fui al baño, creo que ya me había tomado tres botellas de agua mientras Cala se emborrachaba. Al entrar al baño todo fue aún más raro. No había nadie, era un baño con paredes negras. Cuando me vi al espejo, ahí estaba Kamil, detrás de mí. Volteé y no la veía, solo la podía ver en el espejo. Para ese momento ya lo sentía como algo regular. Estaba arreglada, bien vestida, nuevamente me sonrió.

—Creo que te puede sorprender mucho lo que estás apunto de ver. Me dijo, no sabía de qué estaba hablando. Y desapareció.

No entendí mucho, primera vez que me ve y no me besa… pero ¿Qué estaba a punto de ver? No lo sabía. Me lavé las manos y salí, busque a Cala y no la encontraba. Había personas bailando y pasándola bien. Le pregunté al bartender y me dijo que podía estar afuera. Salí por la puerta principal, la verdad es que la luz del día me encandiló. Había una pareja de hombres fumándose un cigarrillo. Volví a entrar. No creo que Cala sea capaz de dejarme solo. La busqué y vi a su amiga, esa que la saludó con cariño y que ahora estaba con un grupo de mujeres. Me dijo que la buscara en el patio, en ese momento me enteré que había otra zona en el bar.

Al abrir la puerta me di cuenta que había un patio con muebles y una barra afuera. Entonces vi lo que jamás pensé que podría ver en mi vida. Rubén o Sebastián, alguno de los dos, estaba hablando con Cala y un grupo de amigos. Me acerqué muy extrañado, jamás pensé ver a uno de los gemelos con ella. Eran como dos polos opuestos encontrándose. Al llegar, Cala me abrazó, ya tenía olor a alcohol y el gemelo me saludó como si nada. De verdad no entendía qué estaba pasando. Como la sutileza no es mi mayor don, le pregunté ¿Cuál de los dos eres? En ese momento me dijo:

—Mírame a los ojos y dime tú cuál soy.

Fue tan extraño para mí, pero desde ese momento supe que era Rubén. Nos reímos un rato y hablamos, realmente Rubén no podía creer que yo estaba ahí. Cala nos hizo entrar a todos. Dijo “Me toca” y todos entraron. ¿Será que este día se puede convertir en algo más extraño? Y sí, ¡claro que podía! Cala comenzó a cantar en el escenario mientras todos la veían. Nunca pensé que tuviese una voz tan hermosa. Ella me había cantado sus mantras, pero jamás pensé que cantara tan bien. Interpretó varios temas y yo me quedé con Rubén viéndola. Era como ver a otra persona, él no es así, o eso pensaba. Entonces cantó una canción sobre la confusión y el amor. Repetía varias veces “La palabra amor no tiene sentido” Esa canción la sentí. A veces me parece que la música es así, que existen canciones que sencillamente escuchas y hay otras que sientes.

En un momento se nos acercó la amiga de Cala y saludo a Rubén como si lo conociera de toda la vida. Estaba descubriendo un mundo nuevo y totalmente desconocido para mí, que poco a poco se volvía fascinante. En ese momento ella me ofreció un trago y la verdad es que Rubén me convenció, era sábado, pocas veces en mi vida había bebido, pero la estaba pasando tan bien, que acepté y tomé una de las peores decisiones que he tomado en mi vida.

Cala bajó del escenario y empezó nuevamente la música electrónica. Empezamos todos a bailar. Nos tomamos varios "shots" de distintos licores que nunca había probado antes, todo empezó a volverse confuso. En un momento, Cala quería salir a fumar y la acompañamos Rubén, su amiga y yo. Al salir, estaba un poco mareado. Le pregunté a su amiga cuál era su nombre. Me dijo que se llamaba Claudia. Estuvimos hablando sobre el amor, pero ni las recuerdo. En ese momento llegó Mario.

Si Cala era el "bicho raro" del colegio, pues Mario era aún más raro. Era una persona sin amigos (o eso pensaba hasta ese momento). Los saludó a todos menos a mí. Se presentó como si yo hubiese olvidado que la que era su mejor amiga, Valeria, se había suicidado en el baño del colegio. Todo se volvía más extraño mientras el alcohol se sumaba en mi cuerpo. Entramos y comenzamos a bailar. Creo que en ese momento empecé a beber de más.

Fui al baño y al entrar, escuché cómo dentro de uno de los casilleros donde están las pocetas había dos personas besándose. Yo sencillamente seguí con lo que iba a hacer y a ellos no les importó. Cuando terminé y fui a lavarme las manos escuché la voz de Rubén diciendo "discúlpanos". ¿Qué? ¿Otra vez? ¿Otra vez tengo que verlo? Creo que Rubén no es tan tierno como pensaba. Definitivamente las apariencias engañan.

Rubén salió de donde estaban y detrás de él, Mario. Para mí fue muy extraño y por lo que pude ver en sus caras, para ellos también. No entendía mucho, Rubén empezó a darme un discurso e implorarme que no me molestara, que no dijera nada y que eso era secreto. Me hizo prometérselo y me abrazó de una manera extremadamente cariñosa para lo que siempre hacía. Mientras me abrazaba, pude ver como Kamil estaba ahí viéndonos en el espejo. Él salió y yo empecé a lavarme el rostro.

Al salir, me conseguí con un Rubén completamente distinto. Este estaba feliz y me dio un shot para tomar, como si lo del baño no hubiese pasado. Seguimos bailando un rato y riéndonos sin parar. Salimos de ahí Cala, Rubén, Claudia, Mario y yo. Ya era el atardecer y todo era tan confuso, solo sé que habían risas, comentarios, ni recuerdo qué pasó. Sé que todos me acompañaron a mi casa y que hacían chistes sobre lo ebrio que yo estaba. Al llegar a la puerta de mi casa apareció la señora Keyla. Salió con una copa de vino que botó al resbalarse con algo en su porche. Solo yo la vi cuando ella gritó su frase extraña del atardecer: "¡Viva la juventud, viva la inocencia. Solo sabemos que no nos interesa tener esencia!". Se echó a reír y lo mismo hicimos nosotros todos ebrios en la puerta de mi casa.

Cala y mis nuevos amigos se fueron. No sé en qué pensé al entrar en mi hogar, conseguir un desastre de botellas de cervezas regadas y a mi tío inconsciente en el sofá, aplastado frente al televisor del cual solo sonaban canciones de amor de algún playlist antiguo. Cosa muy extraña en mí, me serví un poco de vino en un vaso, porque primero, jamás había hecho eso y segundo, no encontré las copas. Salí y ahí fue cuando la señora Keyla me vio y dijo:

—Por fin tengo la oportunidad de hablar contigo.

EL PENÚLTIMO TRAGO

En ese penúltimo trago que nunca será el último,
se pueden responder muchas preguntas.

Sentía que estaba haciendo algo que nunca me atrevería a hacer... Estaba sentado escuchando a la señora Keyla. La verdad es que ella solo me hablaba de su juventud, de cómo vivió su vida al máximo y las razones por las cuales creía en cosas paranormales. ¡Qué casualidad! Pensé, yo no le conté nada, ella sola se encargó de sacar el tema a colación. Fue muy extraño cómo empezó a hablar de fantasmas, apariciones y cosas fuera de lo común, no lo negaré; pero mientras ella me contaba sobre tantas cosas, yo no dejaba de pensar que ese día había sido de los menos comunes que había vivido. Estaba ebrio, hablando con mi vecina loca. Era extraño y a la misma vez fascinante. Ella siguió contándome cosas y cada vez que sentía que me quería ir, me servía más vino repitiéndome lo mismo: "Este es el penúltimo trago, el último es cuando nos vamos a morir".

Escuché un carro salir de mi casa. Volteé y vi el carro preferido de mi mamá salir a toda velocidad. Mi tío, ¿Por qué mi tío es así? Nunca lo comprenderé, pero realmente la conversación con Keyla era tan interesante que no hice nada, me hubiese encantado hacer algo, pero ella seguía con su discurso del penúltimo trago.

Pasaron muchas horas, no sé cuántas, y yo sencillamente escuchaba la historia de Keyla sin interrumpirla, y si lo hacía era porque quería saber más. Me di cuenta de que no está tan loca, de hecho me pareció muy interesante escucharla, aunque a lo mejor es el alcohol. En algún momento escuché un ruido muy molesto sonar. Poco a poco me di cuenta de que eran patrullas de policías y una ambulancia llegando. Lo siguiente que vi fue a mi tío bajar esposado y el carro de mi mamá estaba llegando en una grúa. Me alerté, pero preferí no meterme en lo que estaba ocurriendo, y, por si fuera poco, cosa que nunca entendí era que mientras mi tío iba preso sin saber por qué, estaba viendo a Rubén por la otra calle.

Dentro de mi ebriedad, la verdad es que mi tío se convirtió en algo insignificante, preferí correr a donde Rubén mientras la señora Keyla me gritaba: "¡No es el último, es el penúltimo!". La dejé ahí y al llegar a dónde él estaba le pregunté:

—¿Qué haces?

No supo qué responderme y todo se convirtió en un momento pesado. Se llevaban a mi tío preso, Keyla ebria gritando frase y Rubén sin saber qué decir. Sé que estaba incómodo, lo pude percibir en su mirada.

Luego todo se calmó. Rubén sencillamente empezó a hablar conmigo y se fue. A mi tío se lo llevó la policía, no sé qué pasó, y mi noche terminaría sentado hablando con la señora Keyla.

Al entrar a mi casa la sala olía a bar barato. Ya era muy tarde y yo estaba muy ebrio. Me serví mi penúltimo trago de vino y lo subí a mi cuarto. Ahí, al entrar, me conseguí a Kamil que estaba viéndose en el espejo.

—¿Crees que soy hermosa? Me preguntó.

Siento que de mi boca podía salir cualquier palabra menos una lógica. Creo que mi ebriedad se podía oler en todo el cuarto. Preferí no decir nada.

—¿Qué estás buscando? ¿Ignorar la verdad que no quieres enfrentar? Ahora que tu tío accidentalmente chocó, ¿Tus padres volverán o te vas a quedar solo? Es que no lo ves, Tomás. Es ahí donde puedes definir quién es el malo de la historia y no lo ves. En ellos está.

No sé qué pasó en ese momento, pero Kamil se movió tan rápido que quedó frente a mí, viéndome directamente a los ojos. Se quedó en silencio por un rato y empezó a decir muchas cosas sobre mis papás y sobre mí que creo el vino me hizo olvidar

Se alejó, me vio, sonrío un poco y dijo: sin embargo me encanta verte así, disfrutando la vida, disfrutándote.

Y yo no sabía ni qué decirle, ni qué responder. Entonces sencillamente me acosté.

Todo me daba vueltas en el cuarto. El techo, el piso, la cama. Todo daba vueltas y Kamil estaba ahí acostada a mi lado. En un momento, creo que por efectos del alcohol, me atreví a preguntarle:

—¿Qué es lo que quiere de mí?

Ella se me montó encima y me dijo muy cerca de la boca:

—Quiero que hagas lo que tienes que hacer para que yo pueda ser libre.

No entendí lo que me quiso decir y luego sencillamente desapareció. Creo que éste no será el penúltimo sino el último. Mañana sabré cómo resolver lo de mi tío.

Me desperté y no aguantaba el dolor de cabeza, el dolor de estómago, el malestar y la debilidad en mi cuerpo. Al abrir los ojos, vi 35 llamadas perdidas de mi mamá, 25 perdidas de mi papá, 5 de Cala y 1 de Rubén.

SOLEDAD

Déjame ir y déjate llevar, soledad.

Al hablar con mis padres todo fue muy extraño. Me enteré que mi tío no solo había chocado el carro, también atropelló a dos mujeres. Ellos me pidieron que me quedara tranquilo, que eso era trabajo de los abogados, que me quedara solo, que ya estaba grande y confiaban en mí (sí, otra vez el discurso). La verdad me alegró saber que no tendría que estar pendiente de mi tío más tiempo.

Me gusta la soledad, creo que es la parte más honesta de la vida. Sí, cuando estamos solos nadie nos ve, nadie nos juzga, nadie nos señala, nadie nos mira. Podemos ser y hacer lo que queremos sin tener que estar pendiente de las normas sociales, del comportamiento adecuado. No sé por qué la soledad me gusta tanto, pero siento placer al sentir que nadie me está mirando, más estaba seguro que esta sería la soledad en la que menos sentiría eso, y menos que menos con Kamil dando vueltas por ahí y apareciendo donde quisiera, cuando quisiera.

Luego de tomar varios litros de agua, empecé a recoger las botellas de cerveza que estaban regadas en la sala, en la cocina, en los baños, en el cuarto de mis papás. ¿Es en serio que mi tío tomo tanto ayer? Cuando fui a botar la basura, ahí estaba Keyla esperándome con una taza de café. Sé que me estaba esperando, no sé cómo, pero sentía que ese día me estaba esperando. Nos saludamos a lo lejos y ella se puso a hablar conmigo. Mostraba una extraña serenidad en todo momento. Ella es de esas personas que de verdad se disfrutan su vida sin importar lo que pase.

—Tu tío, ¿Cómo está? Me lo preguntó con una sonrisa a la cara, viéndome directamente a los ojos.

Desde esa conversación con Cala estoy empezando a ver a la gente a los ojos más seguido.

Preso, no muy bien.

Todavía me dolía un poco la cabeza. Mis respuestas eran cortas y precisas. Seguimos conversando y no dejaba de repetirme lo agradecida que estaba conmigo por la conversación de ayer. Me dijo que a veces se siente muy sola, que sabe que la gente piensa que ella está loca, sin darse cuenta de que ella sencillamente es feliz, que está viva y que disfruta su vida al máximo, como deberíamos hacer todos. Me empezó a contar sobre la depresión que le empezó cuando murió su esposo y cómo verse hundida en tanta oscuridad la hizo empezar a brillar. Me dijo una frase tan hermosa: "No le tengas miedo a tus sombras, todo lo contrario; muéstraselas al mundo, porque todo lo que queda expuesto a la luz, se convierte en luz". Primera vez que sentía una conexión con ella y sus frases tenían más sentido para mí. La sentía real. La sentía honesta, como una amiga. Creo que los dos nos parecíamos más de lo que yo pensaba. Sencillamente somos dos personas en el mundo que se sienten solos.

Me invitó a cenar, acepté su invitación y luego se fue con los brazos abiertos al sol, agradeciendo al cielo por un nuevo día. Entré a la casa y se sentía el silencio. Cuando estoy solo suelo pensar, pensar mucho, creo que es el momento en el que realmente llego a "otro nivel", como dice Cala. Me gusta pensar y crear teorías en mi cabeza. No sé si tienen bases, solo sé que disfruto hacerlo. Esa tarde me senté en el sofá con una botella muy grande de agua a pensar en medio del silencio. Entre mi divague mental me acordé sobre una conversación que había tenido con Cala donde ella me hablaba sobre "escuchar el silencio". Para ese momento me sonaba ridículo, pero en este instante era perfecto. Creo que ahí realmente entendí lo que ella me quería decir. "La única manera de escuchar esa voz era haciendo silencio en la mente". Me senté a intentar escuchar qué me decía el silencio.

Nada, no escuchaba palabras. Cerré los ojos y como hacía Cala al meditar, poco a poco fui concentrándome y adentrándome más y más. Me entregué y fue impresionante lo que comencé a escuchar, eran cosas que nunca había oído, el sonido de la nevera desde la cocina, el sonido de la madera que se estruja levemente todo el tiempo, el de unos pajaritos que estaban fuera de la casa… y fue como si cada vez pudiera ir más profundo. Juro que escuché a unos niños jugando. Hasta escuché el fuego en un sartén de la casa de la señora Keyla. ¿Cómo era posible que estuviese oyendo cosas de otros lugares? Empecé a escuchar mi respiración, los latidos de mi corazón. Empecé a escucharme. Era una aventura maravillosa, era como volar y no quería que terminara, pero seguía ahí y todo empezó a complicarse.

Comencé a ver imágenes proyectadas en mi cerebro, no las estaba pensando, sencillamente se creaban ahí. Era una especie de hospital o clínica, como si estuviese acostado en una camilla y viera muchas luces en el techo. La imagen era borrosa y no lograba escuchar nada, solo como ruidos ahogados. Volteé la cabeza y vi un alboroto. No podía distinguir bien. Había muchos médicos y alguien estaba acostado. Pude escuchar un grito y ver cómo un señor alto sacaba algo de su bolsillo, creo que era pistola por la forma en la que la sostenía, luego lanzó algo contra en suelo. Se sentía escalofriante la escena, no lograba entender bien qué pasaba.

Salté al sentir que alguien me tocaba el hombro. Creo que

ella se asustó más que yo con la reacción. Era Cala, había estado tocando la puerta y como no respondí decidió entrar. Quería saber qué había pasado con mi tío, Rubén le había contado lo que vio. No me acostumbro al hecho de que ellos dos son amigos fuera del colegio y en el colegio ni se acercan. Definitivamente las personas en la sociedad hacen cualquier cosa por encajar, y lo digo por Rubén, obviamente. Le conté hasta que me preguntó qué estaba haciendo ahí sentado y por qué no le había abierto la puerta. Le conté todo sobre lo que recordé y sobre esas imágenes que empezaron a aparecer en mi cabeza.

—Cada día esto se vuelve más interesante, dijo. No esperaba otra respuesta de ella.

—¿Y la fantasma? Me preguntó.

—Kamil, le respondí casi que automáticamente.

—Disculpa, Kamil... verdad que ahora tienen nombre. ¿Qué sabes de ella? Me preguntó.

La verdad me parecía un poco extraño hablar de ella como si fuera una persona más en la vida, una persona que solo yo podía ver. Le dije que no sabía nada. Le comenté sobre lo que había pasado en la noche. Era como enseñarle a un niño algo nuevo. De verdad a Cala le apasionaba todo esto que me estaba pasando con Kamil.

En ese momento Kamil apareció. No la veía, pero podía sentir que estaba ahí. Empecé a buscarla con la mirada y Cala se preocupó. Me preguntaba que qué pasaba, yo no le respondí nada y subí a mi cuarto. Al entrar estaba ahí, esperándome en el espejo. No la veía en la cama, pero la podía ver a través del espejo.

—¿Lo viste? Me dijo muy tranquila. Cala entró al cuarto y en ese momento pude ver que no la veía.

—¿Que si vi a quién? Le pregunté, y Kamil no respondía nada.

Cala me vio con cara de loco y le dije que estaba aquí, que la podía ver en el espejo.
Cala se acercó al espejo y empezó a buscarla. Kamil se levantó y empezó a tocar a Cala de una manera muy sexual.

—No, no la puedo ver, me dijo Cala mientras Kamil le basaba el cuello y la tocaba muy apasionadamente.

—Está ahí abrazándote y besándote.

Cala quedó en Shock e intentó sacudirse. Kamil solo se reía. Se alejó y le pedí a Cala que me esperara en la sala, tenía que saber si Kamil sabía algo sobre las imágenes que había visto más temprano en mi meditación. Cuando estuvimos solos, Kamil me pidió que me sentara en la cama con ella.

—Te pregunté si lo habías visto, si lo habías logrado. Hice lo que pude para que recordaras todo lo que había pasado.

En ese momento entendí que todo era obra de ella.

—¿Eso fue el día en el que nací? Le pregunté.

—El día en el que nacimos. El mismo día en el que yo morí. No me dieron la oportunidad de vivir. En la camilla estaba nuestra mamá, Cristina. Y el hombre con la pistola en la mano.

Sabía que era una pistola…

—Él es nuestro papá.

No supe qué decir. Empezaron nuevamente a aparecer preguntas en mi cabeza. ¿Qué había pasado? ¿Por qué mi papá sacaría una pistola en mi nacimiento?

—No entiendo, ¿Qué paso? Y no hizo falta que Kamil dijera nada, su manera de ser con un humor negro y burlas dejaron de estar presentes. Empecé a sentir cómo se llenaba de ira y sus ojos se empezaban a poner llorosos. Y lo entendí. Lo que estaban lanzando al piso era a Kamil y lo había hecho mi papá.

—Él te mató

Casi no me salían palabras de la boca. Lo único que quería era abrazarla, pero era imposible. Ella empezó a llorar, sin hacer ninguna expresión. Era un llanto de verdadero dolor. No como cuando lloras por algo simple, era algo muy profundo. Mi mente se quedó en blanco, me quedé ahí viéndola a través del espejo hasta que ella desapareció. Me quede sentado y sin ni siquiera pensar. Era un estado de negro total. No entendía nada y empecé a sentir como mis latidos del corazón empezaban a acelerarse, se me trancaba la respiración y me empezaba a doler la cabeza. Lo logré identificar "un ataque de pánico" primero grité ¡Cala! para que subiera y luego empecé a nombrar cinco cosas.

En el momento en el que Cala entró al cuarto estaba sudando y llorando a todo pulmón. Ella me empezó a abrazar y a calmarme cantando sus mantras. Yo amo a Cala, con todo mí ser, pero en ese momento la desesperación y la rabia me hicieron cometer una de las mayores locuras que he hecho. Algo que pasó mucho tiempo para que pudiera perdonarme a mí mismo. La empujé tan fuerte que cayó al piso.

—Calla, no quiero cánticos ni cosas raras. Mi papá la mató, el día de nuestro nacimiento. La mató. Yo sé que mi papá es machista, ¿Pero va a matar a una hija solo por ser mujer? ¡Lo odio, lo odio! Lo quiero matar.

La rabia se apoderaba de mí y era como sentir que tenía un monstruo en mi interior. Empecé a tirar cosas e incluso rompí el espejo. Cala estaba en el medio pero no la vi, juro que no la vi. Lancé una maleta que tenía en el closet llena de ropa y le pegué en la cara. En ese momento todo se volvió gris. No sabía qué hacer, no sabía cómo reaccionar, tenía tanta rabia por dentro y acababa de hacerle daño a la única persona que me podía entender. Cala no reaccionó como cualquier otra persona lo hubiese hecho, ella sencillamente se levantó y me abrazó llorando. Ya su ojo se estaba empezando a poner de color morado.

Me dijo susurrándome al oído:

—Me voy a ir, esto es algo que tienes que resolver tú solo.

Yo seguía en shock. Ella se fue. Podía sentir que estaba molesta y no me lo quería decir. La rabia se triplicó. Ya no estaba en un ataque de pánico, creo que estaba realmente en un ataque de demencia. Empecé a gritar mientras lloraba y sudaba. Corrí bajando las escaleras y mi mente solo pensaba en que me quería matar. Mi papá es un asesino y se pasa su vida fingiendo ser perfecto cuando es todo menos alguien así. Corrí tan rápido que me tropecé en el último escalón y caí golpeando las rodillas. Mi respiración era demasiado agitada y empecé a sentirme mareado. No me gusta la soledad, no me gusta estar solo si está este demonio carcomiendo la cabeza. Todas estas voces volviéndome loco, no me gustan en la soledad, no quiero vivir más así, no quiero seguir viviendo. Entonces respiré un poco más profundo. Era el momento de acabar con todo esto. Fue a la cocina y coloqué el cuchillo justo en las venas de mi muñeca derecha. No podía más, a veces somos demasiado débiles como para ganarles a demonios tan grandes.

TORMENTO

Hay tormentos que no vale la pena recordar.

En ningún momento me he considerado una persona reactiva o explosiva. Siempre he sido experto en acumular las cosas en mi interior y creo que este era el resultado de tener tantas cosas sin decir. Hay muchas personas que dicen que quienes se suicidan son cobardes, pero yo creo todo lo contrario. Para quitarte la vida tienes que estar lleno de valentía y estar pasando por un momento de mucho dolor, de muchas cargas, dudas, inseguridades, rabia y con una tristeza que va más allá de lo profundo. Yo no soy valiente. Ahora lo sabía.

Sencillamente, no pude hacerlo. Dejé caer el cuchillo al piso mientras yo caía también. No sé cuánto tiempo habrá pasado mientras lloraba sin pensar en nada más. Me sentía débil, cobarde, engañado, menospreciado, literalmente como una mierda. Fueron horas y horas de llorar y golpear el suelo. Fue realmente un tormento.

Cuando me pude levantar del piso, eran como las diez u once de la noche. Me sentía débil. Mi teléfono tenía por lo menos tres horas sonando sin parar, pero yo no podía moverme de ahí. No podía hacerlo. Mañana tenía clases y realmente no quería ir al colegio. Solo quería dormir, y si tenía suerte no me iba a despertar.

Me acosté, solo le envié un mensaje a mi mamá diciendo

que había estado durmiendo con el celular en silencio. En ese momento empezó la peor noche de mi vida. No podía dormir, incluso cuando mi cuerpo estaba demasiado cansado. No lo lograba. Mi mente no paraba de repetir las imágenes de lo que había pasado con Kamil y del cuchillo en mi muñeca. Me preguntaba tantas cosas... Hace tan pocos días mi vida era tan regular y ahora estaba hundido en el medio de un caos de nunca acabar.

¿Qué quería Kamil? ¿Qué se supone que debo hacer? No sé cómo le vería la cara otra vez a mi papá. Cada vez que lograba quedarme medio dormido empezaba a tener sueños muy extraños con cosas sin sentido que me hacían despertarme otra vez. Estaba como entre dormido y despierto con una tortura en los pensamientos. Me daba calor y empezaba a sudar, luego me daba mucho frío. Era imposible. Entonces la sentí, me abrazó por la espalda y no me hizo falta verla para saber que era Kamil, llegó en uno de los puntos más fríos de mi noche. Estaba llorando y me abrazaba muy fuerte. A mí me gustaba, me sentía bien, me sentía acompañado. Creo que lloramos tanto que seguimos llorando en los sueños.

Cuando la alarma sonó no había dormido casi. Me sentía agotado y realmente preferí irme al colegio. Últimamente mientras más tiempo paso en mi casa todo termina peor.

Cuando llegué entré en conciencia de lo que iba a pasar. No sabía que haría al ver a Cala, me siento tan mal y apenado con ella. Ella no estaba en el colegio. No la busqué, pero tampoco la vi. Aquí empezaron tres semanas de soledad y tormento. Tres semanas sin Cala, tres semanas sin hablar con nadie, tres semanas de inventar excusas para no hablar con mi papá. Tres semanas de sentirme mal, de ignorar a Keyla, de no jugar bien en las prácticas de soccer, de estar divagando entre parques y plazas por no estar en mi casa, de pensar en matarme una vez más. Tres semanas sin saber de Kamil. Sencillamente tres semanas que no quiero recordar.

SOLO UNA VEZ

Cuántas veces hemos dicho “solo una vez” y
terminamos repitiendo,
cuántas veces hemos dicho… Esta es la última vez y
volvemos a eso.
Cuántas veces nos hemos escondido tras el
“solo una vez”.

Era sábado y estaba en un parque. No sabía qué iba a hacer, la semana siguiente era festiva y no había clases ni ningún tipo de actividades. Solo sabía de mi mamá, era la única persona con la que hablaba. Estas semanas reactivaron mi interés por leerme esos libros que me había regalado Cala. He leído varios y es como si el mundo fuese algo totalmente distinto para mí. No sabía tantas cosas sobre las energías, los espíritus, el aquí y el ahora, realidades alternas. Uno de los temas que más me enamoró fue leerme el libro "El poder del ahora". Me pareció tan fascinante ese planteamiento de que solo existe el momento presente y que el pasado y el futuro no significan nada. Ahora, ponerlo en práctica no es tan fácil. Lo he estado haciendo a través de la respiración, y hay momentos en los que sí me siento mucho más calmado. Como diría el autor de ese libro, "me siento presente", pero mi pasado siempre volvía a aparecer, era como gozar de unos minutos sin culpa, resentimientos, miedo e ira. Eso de meditar se me estaba volviendo una costumbre bastante normal. ¿Y por qué no hacerlo entonces? Cerré mis ojos y empecé a respirar. Concentrarme en mi respiración y preguntarme ¿Qué problema tienes en el aquí y el ahora? Ninguno, no existen problemas en el momento presente. El sufrimiento del ser humano está ligado al tiempo. Me quedé respirando y disfrutando por un buen rato y empecé a sentir paz otra vez. El mundo dejaba de existir y solo era yo, solo yo ahí viviendo el presente. Sí, tanto resistí, pero poco a poco me estoy pareciendo más a Cala.

Abrí los ojos poco a poco, listo para volver a afrontar la realidad. Lo que no me esperaba era ver otros ojos al abrirlos. Cala estaba ahí, sentada observándome, con una sonrisa arcaica en la boca. Noté que ya no le quedaba casi rastro del golpe en el ojo.

—¿Estás meditando? Me preguntó, riéndose.

Yo también me reí, era hasta absurdo lo que estaba viviendo. Empezamos a hablar sobre lo que había pasado este tiempo. Cala no podía creer que yo estaba leyendo sus libros y me aclaró que no todos son de metafísica. En un momento intenté disculparme por lo que había pasado y ella me dijo "Ya pasó" y no hablamos más del tema. Me preguntó sobre mis papás y le dije que seguían de viaje, sobre Kamil, sobre todos. No le quise contar en lo que había terminado esa noche, me daba miedo. Bueno, más que me miedo me daba pena. Terminamos meditando juntos y en un momento en el que estaba entrando en relajación profunda pegó un grito que me volvió a asustar. Me dijo que tenía una idea. Ya que tenía la casa sola, no había actividad paranormal y estábamos libre, deberíamos hacer una fiesta en mi casa. Al principio no me animé, estuve tres semanas encargándome de alejar a todo el mundo de mi vida y ahora iba a salir con una fiesta. Eso es de loco, pero Cala insistió con su discurso de que ella se encargaba de invitar a la gente y de todo. Sin darme cuenta ya estaba caminando a comprar cosas para la fiesta del año y Cala, que casi nunca usaba su celular no paraba de hacer llamadas.

Llegamos a una tienda de estas donde venden cosas para fiestas. Cada vez que Cala entra a una tienda hace lo mismo empieza a jugar con todo lo que ve y la verdad empecé a jugar con ella. Terminamos vestidos de una especie de zombies mejicanos corriendo por los pasillos. El dueño de la tienda nos pidió que paráramos y que si no íbamos a comprar nada mejor nos fuéramos. Cala manejo la situación. Me encanta su habilidad para hacer que la gente haga lo que ella quiere, incluso conmigo. Buscamos varias cosas dijo que la fiesta sería de zombies, que todos fueran vestidos así. No me permitió opinar, en cuestión de segundos ya estaba mandando mensajes por su teléfono y recorriendo los pasillos comprando fantasmas, tumbas.

Cuando íbamos llegando a la casa, la señora Keyla estaba en el jardín frente a su casa. La saludé y su cara de alegría fue increíble. No se acercó, sencillamente me gritó de lejos "¡Gracias! Tienes otra mirada". Ella y sus cosas... Me generó mucha empatía. No sé, sentía que ese día iba a acabar el tormento y claro, lo iba a hacer, pero no de la manera que yo pensé. Entramos a la casa y lo primero que hizo Cala fue poner música.

—Así no hay silencio que te pueda atormentar, ahora voy a ver cuánto alcohol tenemos para esta noche.

En ese momento empecé a sospechar que posiblemente sería una noche muy larga. Mi papá siempre tiene mucho alcohol guardado en la casa, así que eso no me preocupó. Yo empecé a decorarla y en un momento sonó el timbre, eran Julián y Rafael. Ambos empezaron a darme las gracias por haber salido de la "mala onda" en la que estaba. Julián a veces habla con acento mejicano, argentino, español, eso le encanta. Me entregaron 3 botellas de tequila, dijeron que era su contribución para la noche y se fueron. Cala salió de la cocina con dos cervezas abiertas y gritó de felicidad, me entregó la cerveza. Pensé que nunca había hecho algo como esto y puede que pase solo una vez. Entonces me empecé a tomar la cerveza y seguimos decorando.

Cada día se puede descubrir algo nuevo, incluyendo talentos ocultos de tus mejores amigos. Realmente la casa se veía escalofriante. Cala era muy buena decoradora y maquilladora también. Quedamos fantasmales y místicos. Mientras ella me maquillaba, le pregunté dónde se había metido las últimas tres semanas. Me dijo que estaba tomando un tiempo para ella, que se había ido a un retiro de algo que intentó explicarme, pero creo que aún no he llegado a libros tan profundos.

Empezó a llegar la gente. Los primeros fueron Claudia y Mario. Me agradó ver personas en la casa, sentirme acompañado de quienes realmente quería en mi entorno. Fue un alivio momentáneo pensar que esa noche todo volvería a la normalidad. Sonaba música extraña como experimental de un playlist que hizo Cala. Mario y Claudia bailaban mientras tomaban. Empezaron a llegar varias personas del colegio y otras que no conocía. Yo confié en Cala, confié en quiénes invitó y en todo, me estaba dedicando a vivir y disfrutar el momento. La estaba pasando bien mientras la casa se iba llenando de gente. Me sorprendió que todos vinieron disfrazados, incluso Julia, Alberto y Rafael. Si veías todo desde afuera se notaba que ellos no pertenecían al grupo de personas que estaban ahí, pero esa noche decidí "dejar que todo fluyera". Bailamos y bebimos... bebimos aún más. Ya habían pasado varias horas cuando llegó Rubén. Por unos segundos y por el alcohol no lograba identificarlo, de verdad que su disfraz estaba increíblemente bien hecho. El maquillaje, todo, daba mucho miedo. No sé si fueron mis ojos que me traicionaron o el pequeño mareo que tenía, que me hicieron ver que Rubén y Mario se saludaban con un beso en la boca. Lo dejé hasta ahí cuando me sirvieron otro shot de tequila. Pasaron las horas entre risas, baile, Cala y Claudia empezaron a besarme muy pasionalmente en un sofá de la sala. Todo estaba oscuro y confuso, pero incluso el alcohol en mi cuerpo, no me iba a hacer romper la promesa que tenía conmigo mismo de pasarla bien y disfrutar toda esa noche. En un momento me dieron muchas ganas de ir al baño y subí a mi cuarto. Al entrar, escuchando la música pude sentir realmente qué tan ebrio estaba. Entré al baño y la vi, luego de tres semanas, ahí estaba Kamil, en el espejo.

Su rostro estaba amigable, estaba tranquila al principio y la conversación fue muy pacífica, pero luego yo hice la pregunta que lo cambiaría todo:

—¿Por qué estuviste desaparecida tanto tiempo?

—Estaba pensando en la pregunta que me hiciste: "¿Qué fue lo que paso?". Eso es lo que más me duele, que no sé qué fue lo que pasó, sencillamente no me dio la oportunidad de saber nada. Todo por sus creencias anticuadas. No me dejó vivir. ¿Tú sabes lo que es eso? Y estuve pensando mucho este tiempo y ya sé que es lo que quiero.

Se quedó en silencio viéndome. Yo estaba tan relajado y disfrutando que le respondí como si nada, como si no fuera nada importante

—¿Qué quieres que haga?

En ese instante volvió su actitud violenta e incluso algo satánica. Para ese momento sería una imagen escalofriante, un zombie de mentira ebrio hablando con un espíritu divagante.

—Quiero que lo mates.

Todo se paralizó. No pensé que estuviera hablando en serio. Pensé que era solamente otra broma pesada de su parte. Me empecé a reír mientras ella seguía con su cara sería.

—Deja las bromas, le dije, mientras me movía hacia la poceta para hacer lo que fui a hacer al baño.

—No es una broma, eso es lo que quiero.

Me quedé en silencio. Podía sentir cómo ella solo quería escuchar una respuesta de mi parte, algo que la hiciera sentirse acompañada en su plan macabro. ¿Cómo se le ocurre que lo voy a matar? A lo mejor cuando no me sentía tranquilo y todo esto pasó lo pensé, pero, en este momento no. No le dije más nada. Terminé de lavarme las manos y cuando iba a salir del baño gritó, como nunca la había escuchado gritar, como quien está ahogado por dentro. Luego de su grito me vio a los ojos y sentí su ira, su pánico. Por primera vez sentí compasión por ella. Sí, seguramente cuando mi papá llegue de viaje me costará hablar con ellos, pero eso no me iba a llevar a vengarme, ni mucho menos matarlo. Bajé las escaleras y me recibieron con otro shot. Creo que ya serían como las 2 o 3 de la mañana. Sonaba una música electrónica y yo me entregué a la noche. Entre el baile y la gente vi varias veces a Kamil aparecer, parada, viéndome a los ojos, decidí ignorarla.

Las personas se empezaron a ir, hasta que quedamos solo en la casa Cala, Claudia, Mario, Rubén, Rafael, Alberto y Julián durmiendo en el sofá. Estábamos todos muy borrachos, aunque era una de estas borracheras agradables en las que nadie discutía con nadie, solo disfrutábamos. Entonces en un momento llegó Ana. Ana es la novia de Rafael. Es una mujer extremadamente bella y muy interesante. Ella siempre nos dice que cree en los alienígenas y que ellos son su religión. Ya no bailábamos, estábamos sentados hablado. Era extraño ver a personas como Cala, Claudia y Mario hablando con mis amigos del Soccer. Me di cuenta de que tenían muchas cosas en común. Creo que pasamos toda la vida buscando diferenciarnos del resto sin darnos cuenta de que en el fondo, todos somos lo mismo.

Ana llegó y Rafael saltó muy alegre a besarla. Entonces ella hizo una pregunta que no entendí:

—¿Quién quiere que empiece a nevar?

Y todos se alegraron, Claudia y Cala se vieron extrañadas y Mario se volteó a decirles cómplice: "Sí, ella es lo máximo".

Todos se acercaron al mesón de la cocina donde empezaron a hacer algo. Creo que de la emoción nadie se dio cuenta de que yo me había quedado sentado en el sofá. En un momento Rubén se volteó y me llamó. Al llegar pude ver de qué se trataba. Estaban armando líneas de cocaína. Nunca en mi vida había pensado en ver cocaína en la vida real y mucho menos en la cocina de mi casa. En un momento me pareció demasiado y quise detener a la inspirada Ana que preparaba el coctel. Todos me vieron y empezaron con justificaciones muy extrañas. Cala en un momento me dijo "Tranquilo, esto sencillamente te pone positivo y te corta el efecto del alcohol". No lo pensaba hacer pero si ellos querían, adelante. Me sorprendió ver el efecto que tenía en ellos. Fue extraño, todos recuperaron su energía y empezaron a bailar. Hasta Julián que estaba dormido y se despertó, ahora estaba activo y feliz. Nuevamente creo que me dejé llevar por el alcohol y quise probarlo, total sería solo una vez. Es más, esa parecía mi frase de la noche y les dije a todos: "Solo una vez". Entonces Cala dijo una frase:

—Si es solo una vez, esta será siempre la primera y jamás la última.

Fue como si me inyectaran una energía que me hizo sentir vivo otra vez. Quería bailar, quería reírme, quería cantar. Quería hacer tantas cosas al mismo tiempo que nada me detenía. El tiempo pasaba muy pero muy lento y yo solo quería contar todo lo que sabía y lo que estaba aprendiendo. En un momento en medio de mi hiperactividad, Ana se me acercó y me dijo:

—No pelees contra ella, déjate ir y déjate llevar.

En ese momento todo se volvió aún más divertido. Lo entendí, solo me tenía que dejar llevar. Todo fue diversión y conversaciones interesantes hasta el punto en el que llegó el momento de hablar de sexo. Creo que en todas las fiestas y más a nuestra edad en algún momento de la noche terminaremos hablando de eso. Todo iba normal, Julián hacía chistes, Ana y Rafael estaban toqueteándose y de hecho en un momento de la conversación se levantaron y se fueron dentro de la casa. Me imagino que la conversación los inspiró. Mientras seguíamos encadenados en el mismo tema Mario dijo:

—A mí me encanta tener sexo con hombres.

Yo no quería reaccionar así, pero no sé qué me hizo empezar a reírme muy fuerte. Cala me golpeó para que reaccionara y entonces le pregunté

—¿Tú eres gay?

Rubén, Claudia y Cala me vieron extrañados. Logré sentir como a Julián sí le incomodaba un poco más el tema. Andrés sencillamente estaba casi sumergido de cabeza en su celular. Igual, yo sé que lo escuchó, pero no quiso voltear. Mario me vio y me trató de explicar algo como a un niño de tres años:

—No, yo no soy gay. No me gusta ponerme categorías, yo sencillamente me enamoro del alma y del ser de las personas.

Julián no pudo evitar interrumpir en la conversación diciendo:

—Entonces eres bisexual

Mario dijo que no, que eso seguiría siendo una categoría.

—No me gusta categorizarme o categorizar a otros. Yo sencillamente si me gusta la esencia de una persona me enamoro. La sociedad se ha encargado de ponernos nombres... Trans, bi, homo, ahora incluso existe algo que se llama pansexual. No entiendo la necesidad estúpida del ser humano de ponerle nombre a todo, es como que sienten que si no controlan algo esto puede venir y acabar a su planeta.

Realmente me pareció fascinante lo que decía. Yo ya estaba borracho y no tenía filtro

—Entonces, simplemente te enamoras y ya. ¿Pero eso del sexo no es diferente con un hombre que con una mujer?

—Claro que es diferente… Me respondió.

—…Tienes 19 centímetros, si es uno bueno, más de qué hacerte cargo.

Todos empezamos a reír.

Mario era más interesante de lo que yo pensaba. Entonces le pregunté a Claudia:

—¿Tú también eres así como él? Porque yo te vi besándote con Cala y yo sé que ella es rara.

Entonces Claudia se arregló y supe que venía una bomba.

—No, yo sencillamente amo el sexo. Realmente yo no creo mucho en las relaciones y menos a nuestra edad, en la que todos somos una fiesta de hormonas y deseos por dentro. Yo me dedico a explorar.

Y en ese momento empezó, le toco la entrepierna a Cala.

—Con las mujeres es muy divertido y siento como que nos entendemos bien.
Luego le tocó la entrepierna a Rubén.

—Con los hombres es divertido también, siento que son mi debilidad. Es que esa cosa tan deliciosa que tienen. El otro día estaba viendo unos videos de este influencer que cocina sin camisa y cuando veía como agarraba esa zanahoria yo decía: "Señor por favor mándame uno así".

Julián entre su borrachera dijo:

—Entonces tú eres una despechada, católica, ninfómana.

Mario se volteó y le dijo:

—No una, sino 3 categorizaciones en una oración que no ocupa ni una línea. No entienden nada.

Todo era entre risas. De verdad era un espacio divertido. Nunca pensé ver a Rubén y Julián tan desenvueltos. Entonces Rubén interrumpió:

—Yo sí creo que soy bisexual.

La cara de sorpresa que tuvimos Julián, Andrés -que ahí si levantó la cara- y yo, fue para tomar una foto. No tuvimos tiempo de decir más nada.

—Sí, tengo toda mi vida estando con mujeres y de verdad las mujeres me gustan, pero con Mario también me disfruto todo… y se dieron un beso.

No lo podíamos creer, por lo menos nosotros tres. Cala, Claudia y Mario actuaban como si nada. En ese momento empezó una ronda de preguntas en la que entendimos que Rubén y Mario estaban saliendo. Era todo tan extraño, creo que la cocaína también nos vuelve un poco más honestos. Esa noche fue como crear un nuevo vínculo. Ya era muy tarde, pero todos queríamos seguir ahí, hablando. Creo que a esta edad pocas veces nos regalamos la oportunidad de comunicarnos y ser honestos con nosotros mismos y nuestro entorno. Entonces Ana salió al patio y dijo:

—Señores, la otra ronda está lista.

Y sí, yo dije que solo una vez, pero digamos que solo esa noche. Todos entramos a sentir la nieve.

La noche pasó y todo se tornó tan extraño. No me pregunten cómo, pero al abrir los ojos estaba despertando con otra persona en mi cama.

NADA ES LO QUE PARECE

Aunque quisiera saberlo todo, en un momento de mi
vida lo entendí,
no sé nada… nunca sé nada.

Al abrir los ojos veían la cara de Rubén ahí, estaba dormido. Mi cuerpo se sentía ácido por dentro e incluso me costaba terminar de despertar. No sabía qué había pasado, pero realmente no me enteraba de todo lo que sucedió al final de la noche. Tenía pequeños flashbacks, más no recordaba nada. Creo que todos seguían durmiendo. Al voltear vi que del otro lado estaba acostada Cala y en el suelo el resto de los chicos, menos Ana y Rafael que no estaban en el cuarto. La verdad es que me alivié un poco al ver que no estaba yo solo con Rubén en el cuarto, eso hubiese sido bastante incómodo. Intenté no hacer ruido para salir a buscar agua. Al llegar a la sala, la casa realmente estaba muy limpia y ordenada. Era como magia, bueno, ni tanta magia. Al ver a Ana terminando de cocinar desayuno para todos y Rafael con la escoba dando los últimos escobazos lo entendí. Me pareció bonito el gesto. Cuando Ana me vio me ofreció desayuno y dijo:

—Todo lo que pasó ayer, ayer se quedó. Hoy es un nuevo día.

Empezaba a sentir que quería compartir toda mi vida con estas personas. Me hacían sentir tan a gusto con su manera de ver la vida.

Poco a poco todos fueron despertando y bajando a

comer. Todos alegres y con ganas de vivir la vida. Creo que yo nunca me despierto con ganas de vivir, es algo como automático que sucede en mí. A veces siento que así es como voy viviendo, es como no disfruto estar vivo, sencillamente lo estoy y voy dejando pasar las cosas como tienen que pasar. Algo automático, algo que sencillamente es. En cambio a ellos, a ellos se les sentía una energía, a ellos se les veía que les gustaba vivir y que disfrutaban estar vivos. Reían, reían mucho. Jamás había visto a personas reír tanto en tan poco tiempo.

Sonó la puerta, más no estábamos esperando a nadie. Al abrir había un oficial de policía parado con una carta. Me explicó que debía ir a atestiguar lo que había sucedido con mi tío. Para ser honesto, pensé en preguntarle si podía negarme, pero familia es familia, a lo mejor podía lograr que le bajaran la condena o algo así. El señor fue bastante amigable, sabe quién soy, sabe que soy el hijo del sargento Adolfo "La leyenda" dentro de la policía local.

Poco a poco todos terminaron de limpiar la casa. Ellos me explicaron que era un acuerdo que tenían como grupo de amigos, siempre dejar el lugar mejor de como lo consiguieron. ¿Cómo podía existir gente tan increíble en el mundo? Al terminar, todos se fueron. Incluyendo a Cala, quedamos en vernos en la noche para hacer una "noche de cine". Me gustó la idea de hacer algo más tranquilo. Cuando Cala cerró la puerta volvió el silencio.

Estaba cansado y solo me quería volver a recostar, pero antes de subir a mi cuarto, en el espejo que estaba justo antes de las escaleras, vi a Kamil. Estaba desarreglada y con el rostro molesto. Podía sentir su rabia, siempre me pasaba lo mismo con ella, la podía sentir. Ella me preguntaba una y otra vez que porqué lo estaba haciendo. La verdad es que no sabía de qué me estaba hablando, pero no paraba de preguntarlo. Luego me explicó que las drogas y el alcohol solo ampliaban nuestra comunicación, que si yo estaba bajo los efectos de alguna sustancia para ella se volvía inevitable el tener que hablar conmigo.

—¿Te genera morbo saber que no siempre voy a tener el control?

Para este punto ya no le tenía miedo, todo lo contrario, acababa de conseguir la manera de tener puntos a mi favor y que no siempre fuera ella la que tuviera el control. Insistió con la idea absurda de que yo tenía que matar a mi papá, que lo tenía que desaparecer, que tenía que vengarme. Yo le dije y le aclaré que no contaba conmigo para eso. Fue como verla por primera vez fuera de control. Estaba débil, vulnerable. Sabía que había perdido cierto poder sobre mí. Entonces pasó lo que no pensé que podría hacer. Empecé a sentir como Kamil comenzaba a meterse dentro de mi cuerpo. Era un picor que ardía y que me iba inmovilizando. La empecé a sentir unirse a mí en lo más profundo de mi ser.

Era extraño, seguía siendo yo, pero pensaba de una manera totalmente distinta. Me sentía pesado y de vez en cuando podía escuchar su voz en mis pensamientos. Eran solo ideas que llegaban, pero sabía que no eran mías, eran de ella. No sabía qué sería capaz de hacer. Entonces me vi en el espejo y mis ojos eran completamente negros, como los de Kamil. No sentía miedo, simplemente estaba alerta. Esto era algo nuevo. Empecé a marearme y poco a poco tuve un sueño insostenible. Me senté en el sofá y escuchaba cómo su voz me cantaba una canción de cuna dentro de la cabeza. Ella quería que yo me durmiera, no iba a ganar, no iba a dejar que ella fuese más fuerte que yo. Estaba tan mareado que comencé a ver alucinaciones. Mentalmente me fui a la sala de mi casa y ahí estaba mi papá apuntando a todos los médicos, con un gran charco de sangre en el piso. Luego pude ver el momento en el que mi mamá me cargó por primera vez en los brazos.

Poco a poco empecé a ver cómo en las paredes se escribía esa carta que había leído el día de mi cumpleaños. Y escuchaba la voz de Kamil en mi cabeza diciéndome "recuérdalo", eran gritos ahogados y desesperados. La podía sentir, ella también la estaba pasando mal. Empecé a ver como en la cocina estaba nuevamente mi papá, sentado muy borracho haciendo juramentos de matar a un supuesto feto maldito. Pude ver cómo terminaba acostado sobre una mancha de vinotinto. Empecé a sentir cómo se me trababa la respiración y aumentaban los mareos. Luego vi a todos mis amigos besándose y haciendo una orgía entre ellos. Todos juntos drogándose y burlándose de mí. Me vi y estaba desnudo. Rubén me veía muy seductor y me invitaba a unirme. Sentía mi corazón acelerarse y todas las imágenes empezaron a suceder al mismo tiempo. Fue como empezara a ver toda esta mierda que estaba oculta. Vi a mi papá y mi mama teniendo sexo por primera vez. A mi papá siéndole infiel a mi mamá en el sofá de la sala mientras chocaba manos con mi tío en un trío. Pude ver cómo mi mamá sentenciaba como culpables a personas inocentes y aceptaba pagos de personas para manipular los casos que estaba manejando. Empecé a ver tantas cosas. Pude ver mi primer día de clases, pude ver todos mis cumpleaños pasar uno detrás de otros. Y en todas las imágenes sencillamente ahí estaba Kamil, parada y vestida como una niña pequeña. Llorando, sola. Sin que nadie la viera, sin que nadie le prestara atención. Podía ver los día pasar y ella ahí parada con un peluche creciendo sola, todo pasando a su alrededor y ella ahí. Fue cuando realmente entendí su dolor.

Cuando ya mi cuerpo no podía más, Kamil se apareció frente a mí, me forzó a ir al sofá y cerró mis ojos diciéndome: "Buenas Noches".

Cuando estuve dormido empecé a verme sentado en una silla frente a mí, era como si existiéramos dos yo, uno sentado frente al otro. Al principio estábamos en silencio, pero ese yo que estaba frente a mí estaba muy alterado, incluso se quería levantar de la silla. Me veía y de un momento a otro empezó a gritar verdades. Sí, porque eso era, eran verdades que yo no quería aceptar. Todo lo que había pasado con mi papá, todo lo que sabía de mis amigos ahora, en lo que me estaba convirtiendo. Me llamó la atención cuando me dijo "... y lo peor es que no sabes si te estás descubriendo o te estás perdiendo, ni siquiera sabes quién eres". En ese momento entendí que nada es lo que parece. Yo no podía hablar, estaba inmóvil, solo escuchando todas estas verdades que dolían, pero me iban obligando poco a poco a ver todo de una manera más clara. Era como abrir una caja de Pandora y que empezara a explotar todo. ¿Quién soy? Me quedó esa pregunta dando vueltas en la cabeza. Creo que realmente no sé quién soy.

Poco a poco empecé a recuperar mi conciencia. Al abrir los ojos me conseguí a la señora Keyla poniéndome agua en la frente con un paño. Estaba muy sudado. Ella hacía un ruido calmante con la boca y me veía a los ojos. La verdad es que me tranquilizó mucho. Me sentí bien.

—¿Por qué gritabas tanto? Me preguntó.

No sabía que había estado gritando. No lo sé, tuve una baja de azúcar o algo. Me desmayé. Le respondí, que no sabía realmente qué había pasado. Entonces me invitó a ir a su casa. Volvió a hablar sobre mi soledad y la verdad es que sí, no quería estar solo. Y menos con esa pregunta en mi cabeza "¿Quién soy?". Me levanté poco a poco con su ayuda. Antes de irme vi el espejo y vi que la cara de Kamil estaba ahí reflejada y su actitud era totalmente distinta. Una vez más estaba confiada y tranquila. Me sonrió, me hizo un guiño y luego, desapareció. No sabía que ese día entendería mucho más de lo que ya había entendido, solo con pasar una tarde con la señora Keyla.

UNA TARDE CON LA SEÑORA KEYLA

El amor y sus historias separadas,
la vida y sus mentiras desfasadas,
la sabiduría que parece llegar cuando se termina la vida.

Tenía tiempo sin comer una comida tan deliciosa. Sabía a casa, sabía a familia, sabía a amor. Había cocinado mientras sonaba una música muy tranquila y romántica de fondo. Cada vez que volvía algún pensamiento sobre lo que había pasado a mi cabeza, yo mismo me hacía volver al aquí y al ahora, no quería recordar nada. Me sentía como si me hubiesen abierto los ojos y empezara a entender que el mundo no es tan bonito como parece. Existen cosas muy obscuras allá afuera y es muy fácil caer y ser parte de ellas. Realmente estar en la casa de la señora Keyla fue como la paz que necesitaba luego de la tormenta. Me sentía a gusto, olía a incienso. Y sencillamente estábamos hablando sobre cosas interesantes. Me gustaba estar acompañado por alguien tan agradable. Definitivamente juzgamos fácilmente a las personas y luego nos puede terminar dando compañía quien menos esperamos.

En un momento me ofreció un trago de un licor que se llama "Sambuca". No quería más alcohol en mi cuerpo, por eso estaba feliz tomando té. Aunque no me gustaba el té, le estaba empezando a agarrar cariño. En un momento de la conversación le conté un poco de lo que había pasado la noche anterior. Lógicamente no le mencioné nada sobre la cocaína, más sí le dije algo sobre la bebida y cómo nos excedimos todos. Entonces, ella empezó con un discurso que me cambió la manera de ver todo.

—¡Que divina es la juventud! Es el momento de jugar, explorar y hacer tantas locuras. Yo las hice, hice muchísimas cosas. Cuando conocí a Carlos estábamos muy borrachos, fue durante el amanecer de una fiesta en la playa. Estábamos en la fogata mientras uno de nuestros amigos tocaba la guitarra y todos nos dejábamos llevar. Él me invitó a caminar por la playa. Hablamos y hablamos mientras caminábamos y me contaba cosas hermosas. Me decía que él soñaba con el mundo perfecto, que soñaba con su vida perfecta, la vida que siempre ha soñado tener. Y lo hizo, fue la que logró tener, aunque en ese momento se veía como un sueño. Fue mágico. Esa noche habíamos tomado tanto licor que al final de toda su historia nos sentamos en el borde de la arena a ver el amanecer y en un momento el me preguntó ¿"Te gustaría casarte en algún momento de tu vida?" Yo me reí, ¿Quién no se quiere casar para tener una persona especial que te sujete la mano y te diga que todo va a estar bien, o sencillamente para bailar una canción mientras esperas para que la cena esté lista para comer? Él me dijo, dentro de su borrachera, que no se casaría con más nadie que no fuese yo. La verdad, en ese momento me enamoró.

Yo le pregunté:

—Carlos, su esposo, ¿El que murió? Y me dijo:

—No, Carlos fue siempre esa historia de amor que no me permití vivir. Él sigue soltero y cada vez que va a la playa me envía una foto del atardecer y me escribe lo mismo "te sigo esperando". Gracias a él yo entendí que pasé toda mi vida casada con una persona que realmente no me amaba y yo tampoco lo amaba a él. Sencillamente nos casamos por algo automático, porque tocaba. Sí, fue bonito, pero no era amor. ¿Sabes? el amor es como una copa de vinotinto, es elegante, alocado y nos hace sentir. Si te la tomas muy rápido es porque quieres olvidar, solo quieres emborracharte y no disfrutas eso que está pasando. Eso quiero que lo sepas... No importa con quién tomar o amar, no importa dónde tomes o ames, lo único que importa es qué tanto te disfrutas ese pequeño segundo en el que el amor o el vino tocan tus labios y te hacen sentir como si tuvieras fuegos artificiales en tu interior. Te vas a dar cuenta, es incluso más difícil que te emborraches porque estás presente y viviendo.

Nunca pensé que alguien fuese capaz de hacerme entender algo usando palabras tan bonitas y poéticas. Me di cuenta de que no tenía ni idea de qué era el amor. Además, tampoco tenía idea de lo que era el licor. Sencillamente lo había tomado para emborracharme. Este día era el momento de entender tantas cosas. Y Keyla siguió, yo solo la escuchaba atento.

—Cuando me casé, me di cuenta que lo hice con un hombre muy bello, muy atractivo y con mucho dinero, lo hice por tener seguridad. Tú me conoces ahora que ya aprendí a amarme. Eso es algo que la gente no hace hoy en día. El mundo allá afuera vive buscando complacer a las personas porque son incapaces de sentirse bien estando solos. Entonces, empiezan a hacer y decir cosas que no son verdad y terminan confundiendo tanto al mundo y a la misma vez confundiéndose a ellos mismos, llegando a un momento en el que ni saben quiénes son, qué quieren ser y hacer. Yo creo que así es como las personas se pierden y olvidan sus sueños, se olvidan de sentir, de vivir una vida al máximo. Y no es que yo me sienta una gurú, para nada, si yo fui la que menos supe qué era amarme, lo descubrí cuando mi esposo murió, estaba sola otra vez y había desperdiciado toda mi vida. Entonces, decidí ser libre como una mariposa, sentirme viva y apasionada como una cantante con mayas rotas. Abrí mi mente y mi corazón a todo el mundo, a la naturaleza, a la vida. Y descubrí una frase perfecta que me hace sentir total y completamente feliz. "Me importa un culo lo que piensen los demás sobre mí. Yo hoy decido ser y hacer lo que me da la gana".

La verdad es que esta última parte me dio un poco de risa, pero podía ver y sentir lo que decía. De verdad Keyla era eso. Y fue cuando entonces me hizo la pregunta que me revolvió el estómago…

—¿Tú sabes quién eres?

No existen las casualidades. Y no, obviamente en ese momento no sabía quién era, ni siquiera en mi cumpleaños me preguntaba cosas. Pero después de todo lo que he vivido estos últimos meses y luego de escuchar esa historia y sus reflexiones, claro que me haré muchas preguntas. No me dio pena ser honesto con ella.

—No, no lo sé. Me lo he estado preguntando y no lo sé.

Entonces ella me vio y me dijo:

—Deja de preguntártelo y empieza a sentirlo. Deja de pensar tanto y empieza a sentir.

Hubo un silencio en medio de la conversación. Me acordé de todos los libros que había leído y cómo hablaban constantemente sobre eso. Empecé a atar cabos y era como si una señal del universo estuviese toda la vida gritándome lo mismo y yo no lo quisiera escuchar. Dejar de pensar y empezar a sentir, dejar de pensar y empezar a sentir. Los ataques de pánico me daban por pensar demasiado, todo lo que me ha pasado ha sido por pensar demasiado.

Keyla me dijo que esperara un rato ahí, ella subió y yo me quedé sentado, haciendo eso, sintiendo. No pensaba en nada y se sentía tan bien... Unos minutos después bajó con un traje de baño puesto y un short de agua para hombre.

—Tengo el tobogán con jabón en el patio. Nos podemos divertir. Si quieres entender mejor de lo que estoy hablando, ven, lánzate y sencillamente disfruta la vida.

La verdad, no tenía nada que perder, así que me puse el short. Me contó que era de su exesposo. Al principio me pareció un poco extraño, pero recordé las palabras claves… "Dejar de pensar y empieza a sentir".

Jamás pensé que podría pasarla tan bien con la señora Keyla. Empezamos a jugar con el agua como si fuéramos unos niños y a lanzarnos por su tobogán. Por momentos me daba un poco de miedo, ella es una señora mayor, es muy fácil que se parta algo. Pero no, ella sencillamente disfrutaba. Puso música en todo el patio de su casa y empecé a entender mucho más, la vida es como la copa de vino, y hay que disfrutar cada gota. Hace un tiempo ella me invitó y le dije que no, perdiéndome toda esta experiencia por estar pensando en "¿Qué voy a hacer yo con esa señora tan vieja?", sin darme cuenta de que tenía que dejar de pensar. El tiempo pasó y disfrutamos como tenía mucho tiempo sin hacerlo. Sentí como si ambos volviésemos a ser unos niños. Por segundos se sentía como si fuesen nuestros niños internos jugando y no nosotros, como si hubiésemos viajado en el tiempo. Cala tocó la puerta y cuando abrí se sorprendió al ver esta escena, me estaba divertido tanto, que tomé un vaso de agua que estaba cerca de la puerta y se la eché encima. Ella no se molestó, más bien se empezó a reír y a hacer preguntas para entender qué estaba pasando. Me dijo que escuchaba mis gritos desde la puerta de mi casa y yo sencillamente le respondí:

—¡Deja de hacer tantas preguntas y vente, a disfrutar!

La hice entrar y pude ver que le gustaba lo que escuchaba, sé que le gustaba lo que estaba viendo en mí. A mí también, se me había olvidado todo lo que pasó más temprano en mi casa, porque estaba viviendo en el momento presente despreocupándome de lo que ya pasó.

Cala se quedó en ropa interior y empezamos a jugar. Luego de un tiempo, ya cansados, Cala se fue. En ese momento la señora Keyla me preguntó: "¿Entendiste?" Y yo me sentía tan bien... ¡Claro que había entendido! Fue como un despertar. Tenía toda mi vida esperando entender esto, toda mi vida siendo un esclavo de mis pensamientos. Nos despedimos y no pude dejar de agradecerle, tanto que la invité a ir a la casa más tarde para que viera la película con nosotros. No importa, tendría una nueva amiga anciana y me sabía a culo lo que pensaran los demás. Podía sentir la libertad.

Y lo que dije es verdad. Ese sería el día de entender muchas cosas, tantas que esas horas de disfrute y felicidad se terminarían convirtiendo en las últimas que tendría así por un largo tiempo.

ES SOLO UN JUEGO

Es solo un juego…
O lo juegas, o él va a jugar contigo.

La película era muy aburrida. Solo estábamos Cala, Mario, Claudia, Rubén y yo. Me pareció extraño que Keyla no hubiese aparecido y bueno, mis amigos del Soccer no coincidían mucho con la idea de ver una película francesa clásica, que incluso estaba en blanco y negro. Al parecer, Claudia, Mario y Cala estaban muy interesados. Rubén, bueno, él se quedó dormido y yo estaba ahí intentando vivir el momento y disfrutarlo, pero realmente el sueño me estaba ganando. Los franceses soy muy aburridos, quiero decir, siempre me ha llamado la atención conocer París, por la cultura y todo eso, pero el cine francés clásico es lo peor. Yo me dediqué a lo que más me gusta de ver una película, comer palomitas de maíz.

A veces, cuando los veía a todos, no podía evitar recordar lo que había alucinado más temprano, lo que más recordaba era la orgía que estaban haciendo entre todos. Fue una alucinación, pero es verdad, yo soy el único virgen aquí y mi mejor candidata era Kamil que al parecer ahora quiere poseer mi cuerpo para asesinar a mi padre. Para este punto no quería estar solo, así le pedí a Cala que se quedará conmigo.

Cuando la película terminó luego de unas tres horas muy largas, mudas y en blanco y negro, empezaron a comentarla. Creo que no se habían dado cuenta de que

Rubén estaba completamente dormido, entonces Mario se levantó y buscó un vaso de agua que le lanzo en la cara. Él se despertó de golpe y me dio mucha risa, me recordó a mi diversión de la tarde. Quería mantener eso dentro de mí, esa sensación de estar vivo al cien por ciento. Cala se levantó a fumarse uno de sus cigarrillos y yo dije "Vamos a jugar". Para ser sincero yo esperaba algo como Monopolio o algún juego de cartas. Claudia no lo dudó dos veces al decir "Vamos a jugar caso, mato y sexo". Me explicaron que era un juego en el cual tenías tres opciones de personas en común, entonces debías elegir con quién te casabas, a quién matabas y con quién tendrías sexo. Esperaba algo más tranquilo, pero ya que todos insistieron... empezamos.

Al principio del juego nadie puso nada atrevido. Si nos reíamos cuando Cala prefirió casarse con la profesora de Matemáticas antes que con alguna de las niñas que olían mal del colegio.

Vamos a ponerle picante a esto, vamos a meterle emoción.

—Tomás.... Caso, mato y sexo con Rubén, Mario y Sebastián...

Dijo Claudia, quien se veía que disfrutaba mucho crear

esa tensión en la casa. A este punto, por todo lo que me había pasado me sentía libre de responder, es decir, me lo hubiese dicho un mes antes y ni se me hubiese ocurrido jugar, pero ya que tanto... Con lo que no contaba era con tomarme el juego tan en serio. Empecé a analizarlo todo. Realmente mataría a Sebastián, es con quien menos tengo contacto y es muy amargado. Luego venía la diatriba entre Mario y Rubén. Hace poco conozco a Mario pero me parece una persona súper interesante, por otro lado... Rubén es simpático y además es como mi amigo de toda la vida... mentalmente seguía analizando.

—...Tomás, ¿Estás ahí? Creo que no le gustaron mucho las opciones y no sabe con quién irse.

Y todos empezaron a reír. No me di cuenta de que me había quedado tanto tiempo pensando.

—Okey, mato a Sebastián, me cojo a Mario y me caso con Rubén. Respondí con mucha seguridad. Nuevamente risas, sobre todo Cala se reía a todo pulmón, creo que jamás se imaginó escucharme hablar así de hombres. Me sentía tan a gusto con ellos, era como sentir que por fin tenía amigos con los que podía ser quien realmente era. ¡Nos reímos tanto! Luego quise hacerme el gracioso y preguntarle a Claudia: Claudia, caso, mato y cojo con… Las opciones son Mario, Cala y yo. Y volvieron a reírse, incluso ahora mucho más fuerte.

—Bueno, mi vida, a ti obviamente te mato porque eres virgen y no me gusta estar enseñándole a nadie cómo hacer las cosas. A Mario y a Cala ya estuve con ellos, así que si tengo que elegir me caso con Mario y a Cala me la sigo comiendo todos los días, y empezó a besar a Cala. Esa escena realmente era tan agradable. Entonces sonó la puerta de la casa. Cala salió corriendo y me sorprendí al ver en la puerta a Julián, Rafael y Ana. ¿Ahora ellos son amigos? No lo sabía. Traían unas botellas de un licor extraño con letras chinas en la botella. Julián entró hablando como argentino:

—Che, llegó lo que faltaba para armar el boliche en esta casa. Dijo Julián con acento argentino.

Todos nos paramos a recibirlos. Era como si todo iba bien. Claudia le gritó a Ana y le dijo

—Ana… Caso, mato y sexo con… Tomás, Rubén y Mario.

—Tengo sexo con todos y doble con Tomás por virgen.

Empecé a sentir nervios dentro de mí, no sabía cómo iba a reaccionar Rafael ante eso. Sencillamente se rió y la volvió a besar. Imagino que ya no tenían tantos problemas.

—¡Por eso es que te amo! Gritó Claudia.

No esperaron ni minutos para empezar a servir una ronda de shots. Cala salió a fumarse otro cigarrillo y la acompañé, mientras todos se acumularon en la cocina para embriagarse una noche más.

Fue una conversación muy bonita la que empezó ella diciéndome: "Me encanta verte así". Me explicó que le encantaba verme disfrutando la vida, que es lo que ella siempre había querido para mí. Le conté un poco sobre esa pregunta que me hacía últimamente sobre "¿Quién soy?", y ella me dijo algo tan bonito. Empezó por aclararme que esa pregunta no tenía respuesta, que en el momento en el que la respondía ya limitaba mi ser a una manera. Me dijo que sencillamente éramos, que somos sin nada que agregar después, que cada calificativo es una manera de buscar limitarnos para no ser quienes queremos, que podemos ser lo que queremos ser en el momento en el que estamos viviendo. Eso me llenó, no lo lograba sentir en mí, pero mi mente si lo entendía. Creo que era una idea que en ese momento no lograría aplicar, pero cómo me funcionaría después de unos años...

Al entrar a la casa, Rubén se me acercó de una vez con un shot en la mano

—Tómatelo viéndome a los ojos, dicen que es buena suerte

Y me lo tomé. No sé qué pasaba, pero cada vez que conectaba con la mirada de Rubén era como descubrir un universo en el que me sentía bien. Creo que a veces tenemos conexiones especiales con las personas, a veces se abren historias y recuerdos en los que no hace falta ni una sola palabra para poder entenderlo todo. Me aseguré de disfrutarlo como había aprendido esa tarde y realmente sabía delicioso. Era un sabor a coco y con muy poco gusto a alcohol. En el momento en el que lo vi a los ojos mientras los dos nos tomábamos el trago fue… cómo describirlo… diferente. Yo sé que tengo una conexión extraña con Rubén, siempre la he sentido. A lo mejor será mi mejor amigo por el resto de la vida, no lo sé, o quizás sea el padrino de mi boda si algún día me llego a enamorar como para llegar al punto de casarme, lo que sé es que es alguien muy especial para mí.

Prepararon lo que parecía un coctel con hielo, jugo de piña y el licor de coco. Se sentía más como un jugo dulce que un trago alcohólico. Sonó la puerta y para la impresión de todos era Keyla con una botella de vino en la mano.

—Llegó la vecina loca. No me van a echar porque soy invitada del anfitrión y traje vino, yo sé que ustedes los jóvenes no toman vino. Yo soy una señora así que solo preguntaré: ¿Dónde están las copas?

Yo les había hablado sobre mi vecina loca así que creo que todos se extrañaron al verla llegar. Creo que realmente este nuevo círculo de amigos que habíamos creado estaba tan tranquilo que todos hicieron caso omiso. Es más, hasta Julián se aprovechó de la situación y le dio la bienvenida muy galante hablando como cubano. Se dispuso a servirle su vino y sacarle conversación. Cala agarró el control de la televisión y empezó a poner música clásica, como un rock clásico. Estábamos disfrutábamos mientras bebíamos una vez más.

Mientras hablábamos, Cala estaba muy cariñosa con Claudia. Ana y Rafael también, incluso, Rubén con Mario. Julián, apartado de todos, estaba extrañamente hablando con Keyla intentando seducirla. Y ahí estaba yo. Quería entender todo lo que estaba pasando, entonces pregunté:

—¿Entonces Claudia y Cala son novias. Mario y Rubén son novios. Julián es un casanova, Keyla una solterona... Ana y Rafael, ya eso lo sabíamos, y bueno, yo me quedaré soltero por el resto de mi vida?

Todos empezaron a reír. Últimamente mi sentido del humor estaba agudizándose.

—No entendiste nada ayer sobre catalogar. Digamos que Rubén y yo nos divertimos juntos y eso es todo. Y Cala y Claudia…. Mejor hablo solo por mí. Dijo Mario.

Luego Cala y Claudia aclararon que era como lo mismo, pero con un poco más de compromiso. Julián no nos hizo ni caso. Entonces todos seguimos bebiendo y disfrutando de la noche. En un momento Claudia interrumpió:

—Vamos a jugar otro juego, "verdad o prenda".

Otra vez no lo conocía. Había ido a fiestas y esas cosas, pero normalmente me iba temprano. Al parecer esto lo juega todo el mundo. Entendí que retas a una persona, le haces una pregunta y esa persona tenía que decidir entre responder o quitarse una prenda de ropa. Jugamos muchos juegos más mientras bebíamos más alcohol. Entre los tragos sentía un poco de acidez. Creo que mi cuerpo no estaba acostumbrado a beber tanto, pero me estaba divirtiendo y estaba feliz, como en mucho tiempo no lo había estado.

Keyla se fue en sostenes. No porque no haya querido responder, ella sencillamente vio que la mayoría estaba en ropa interior y también quiso hacerlo. La verdad cada vez que ellos quedaban con menos ropa, yo me empezaba a poner un poco más nervioso. No dejaba de pensar en las cosas que había visto en mis alucinaciones. Luego empezamos a jugar otros para consumir alcohol. No sabía que existía toda una cultura gigantesca de actividades dinámicas que involucraban emborracharse hasta no poder más.

No recuerdo bien que pasó, en un momento estábamos jugando y todos estaban normal… A los pocos segundos todo empezó a volverse negro, creo que había bebido demasiado. Lo que tengo en mi memoria sobre esa noche son solo imágenes. Veo a Cala besándose con todos, con Mario y Claudia al mismo tiempo. Ana y Rafael discutiendo y gritando muy fuerte. Yo intentando subir las escaleras mientras el mundo se me tambaleaba. Recuerdo a Julián dándome un trago directo de una botella de vino. Todos bailando y gritando en medio de la sala como si estuviéramos en un concierto de música electrónica. Recuerdo a Rubén lanzando una bolsa de papas por toda la casa. Todos quitándose la ropa. Yo fumándome un cigarrillo con Cala. Recuerdo que en un momento entré al baño y me costaba mucho lograr atinarle a la poceta.

Al verme en el espejo vi a Kamil y le dije "Jódete". Cala bailando en ropa interior sobre la mesa de la sala. Mario y Rubén besándose. Tengo también una imagen de Julián desnudo en medio de la sala bailando. No sé de dónde salió, pero recuerdo también a todos lanzando polvos de colores por toda la casa, creo que habían sobrado de la fiesta Zombie.

Volaban colores por todos lados. No sé por qué estaba sin camisa. Solo veía volar colores y me sentía feliz. Era eso, era jugar a ser feliz en un mundo lleno de tanta mierda. Me sentía libre. Luego me llegan imágenes de Rubén y yo en el baño. Yo estaba intentando vomitar y no podía, él me estaba ayudando. Luego, lo único que recuerdo es su voz diciendo "Es solo un juego" y me empezó a besar, creo, no estoy seguro. Realmente estaba muy ebrio.

Tengo la imagen de que las luces de la sala se prendieron de golpe y todos con cara de sorpresa. Yo en ese momento caí desmayado al piso, ya no podía más, mi cuerpo se había rendido. Entonces recuerdo ver borrosamente las luces de un hospital, un médico tomándome la vena, la imagen de mi papá y mi mamá llenando una planilla. Lo último que recuerdo antes de caer en un sueño profundo es el sonido de las máquinas del hospital. ¿Será que voy a morir? Pensé, y luego escuché cómo poco a poco los sonidos iban desapareciendo y escuche a Kamil con una voz muy dulce decirme "Bienvenido a tu rehabilitación".

REHABILITACIÓN

Colores, sabores, texturas.
Todo se difumina, todo está bien.

Siempre me ha fascinado todo lo que soy capaz de crear dentro de mi mente. Es decir, lo sueños, las ideas, la ilusiones. Es mágico crear cosas que parecen solo pueden existir dentro de nosotros, pero esta vez no era mi mente, estaba seguro de eso. Los colores, los olores no eran de mi creación. Sabía que Kamil tenía algo que ver en esto, y no podía hacer nada. Lo que veía era un gran lugar sin fin visible y una lluvia de colores volando por todos lados. Todo pasaba extraño, era como en cámara lenta. No llegaba a ver a Kamil, pero ahí estaba. Podía sentirla, podía escucharla.

"Te estás perdiendo, te estás olvidando de lo que es realmente importante para ti. Te estás olvidando de mí. Te estás olvidando de ti. Tú y yo somos uno solo. Tienes que vengarme, tienes que hacerlo. Me decía tantas cosas". Y como todo pasaba tan lento yo no podía responder, solamente podía escuchar y era una sensación como de poder sentir sus palabras, de poder sentirla. Estábamos conectados y sincronizados. Sentía su desesperación, sentía su hambre, sentía sus ganas de vengarse. Era como si poco a poco esas sensaciones y emociones se convirtieran en mías.

Abrí los ojos de golpe y estaba en un consultorio médico. Era pequeño, me desperté algo agitado. Empecé a sentir que la cabeza me iba a explotar. Tenía máquinas al rededor y sentía un malestar en el estómago que era casi insoportable. Entro un médico. Lo primero que hizo fue presentarse, me dijo que era el Doctor Cañizales. Empezó a hablarme sobre lo que me había pasado, me contó que estuve muy cerca de estar en un coma etílico, me explicó que sufrí una intoxicación etílica. Luego siguió con un discurso hasta que llego el peor momento, cuando se abrió la cortina y entraron mi papá y mi mamá. Se supone que les faltaban por lo menos dos meses para regresar a la ciudad. No sé qué hacían ahí y menos en ese momento. La cara que tenían mostraba decepción e ira. Al ver a mi papá, no pude evitar sentir aún más ganas de vomitar y recordar las imágenes de él lanzando a Kamil al suelo. No podía ver a ninguno de los dos a los ojos. Hubo un pequeño silencio y luego mi mamá empezó a llorar y a preguntarme que qué había pasado, que yo nunca había hecho nada de eso. Mi papá se quedó inmóvil en la puerta, sintió la tensión hacia él, lo sabía. No me podía decir nada, él era alcohólico aunque no lo quisiera admitir. Mi mamá sí se desvaneció a llorar y a sentirse culpable por haberme dejado solo.

Después de todo el discurso y la charla, el doctor nos explicó que me debía quedar un tiempo más para seguir hidratándome por la intravenosa, hasta que ya me sintiera mejor. Todos salieron excepto mi mamá. Creo que nunca la había visto sentirse tan mal. Estaba totalmente apagada y podía ver cómo no dejaba de pensar. Exactamente en qué, no lo sé, pero podía sentir cómo ella intentaba que yo no me diera cuenta, disimulando cada vez que lloraba.

—Te amo.

Fue lo único que se me ocurrió decirle. No sentía rabia por ella, pues no me había hecho nada, realmente la amaba. Era una persona tan importante para mí.

—No te molestes conmigo, sencillamente quería pasarla bien. Por fin tengo amigos.

Y volteó su cara a verme. Tenía los ojos muy rojos y su respiración era acelerada.

—No estoy molesta contigo. Estoy molesta con tu papá. Yo le dije tantas veces que dejara de beber, que tú ibas a seguir sus pasos. Yo me sentía tan feliz y orgullosa de ver que no era así, de verte enfocado en tu vida. No pensé que este día llegaría. Yo también te amo.

Sentí sus palabras, me llegaron. Lo que pasó después fue impresionante. No pude creer que al ella empezar a llorar aparecería Kamil, que la abrazaría. Me dio un poco de miedo, pero Kamil estaba tan tranquila, se veía compasiva hacia ella. Me vio y fue como entenderla. No se movieron sus labios, pero la escuché decir:

—Ves, él solo crea dolor.

Tenía razón. Me generaba tanta impotencia ver a mi mamá así y que fuera culpa de mi papá. Igual, no estaba pensando en matarlo, más sí en confrontarlo y en contarle algo a mi mamá, pero sabía aún que no era el momento. Hasta cierto punto Kamil tenía razón. Algo tenía que hacer y dependía de mí. Realmente todo pasó en un instante, me imagino que los cambios en los pensamientos pueden ser así, rápidos, fugaces. Esa era mi verdadera rehabilitación, entender realmente lo que tenía que hacer.

Les escribí a mis amigos para que supieran que todo estaba bien. Mi mamá nunca me castigaba, pero fue la excusa perfecta para poder dedicarme a lo único que quería hacer ahorita, demostrar lo que había hecho mi papá.

En este momento sentía algo muy dentro de mí que me hacía entender muchas cosas. Fue como darme cuenta de que existen muchas personas que sueñan con cambiar el mundo o dominar el universo. Y sí, es una bonita idea creer que tienes el poder para hacer cosas tan grandes. Yo siempre he querido ser un gran escritor, pero mis padres, aunque lo entienden, siempre me dicen que ese tipo de carreras no me van a llevar a ningún lado. En ese momento entendí que no puedo soñar tan grande, si primero no me encargo de mi vida; no puedo cambiar el mundo si no cambio mi mundo primero. No necesito ser el dueño del universo para poder hacer las cosas bien, puedo empezar por hacer las cosas bien en mi vida y que sea ese mi regalo para el universo.

LAS ESTRELLAS Y LA LUNA

La noche está estrellada,
la luna alumbra las penumbras con su manera única de
brillar,
calma…
¿Realmente existirán las estrellas que vemos?

Al llegar a la casa ya era de noche. Me sentía un poco adormecido, pero mucho mejor. Lo único que quería era dormir. Uno de los momentos más incómodos que he pasado en mi vida fue estar en el carro. Mi papá no sabía qué hacer, mi mamá no quería mirarnos a ninguno de los dos, yo sentía la tensión mientras imaginaba millones de maneras de poder vengarme de mi papá. Kamil, estaba ahí abrazándome sin decir nada. No me sentía bien, en mí solo había hambre, maldad, ganas de vengarme.

Me despertó muy sutilmente y me besó en la boca, Kamil estaba ahí al lado de la cama. Eran como las 3 de la mañana. Yo la vi, me sentí bien, como las primeras veces que había aparecido. Me invitó a levantarme, me puse lo primero que encontré y bajamos al patio de la casa. La casa estaba impecable, creo que mi mamá había contratado algún servicio de limpieza. Al llegar a la grama se sentía tan bien… nos acostamos a ver el cielo, Kamil apoyó su cabeza en mi pecho.

—¿Qué piensas sobre las estrellas? Me preguntó justo en el momento en el que yo estaba plasmado fijamente mirando una que titilaba.

—Creo que son hermosas, aunque inconstantes. Si ves las estrellas a detalle, te darás cuenta que no están fijas. ¿Ves, esa por allá? Mírala fijamente y verás cómo tiene un titilar casi imperceptible, pero me gusta porque incluso cuando están, hacen que el cielo tenga luz y se vea hermoso. Son como pequeños pintos de luz en medio de tanta obscuridad.

Eso le respondí y pude ver cómo se quedó viéndolas, como analizando realmente lo que había dicho.

—Yo creo que las estrellas son las mejores mentirosas. Nos hacen creer que están ahí y que existen, pero realmente ya están muertas, no existen. Nos hacen creer que son luz cuando en realidad no son nada

Me dijo y volteó a verme. En ese momento me di cuenta de lo diferentes que somos.

—No sé, no sé cómo es tu vida o ni siquiera si existe tu vida, pero yo a veces quisiera poder volver a soñar, imaginarme cosas. Recuerdo que cuando era más pequeño mis papás me llevaron a ver una obra de teatro. Esta obra era muy divertida al principio porque mostraba todo lo que pasa un adulto en el día. El trabajo, las peleas, los problemas en la casa, el tráfico. Eran como muchas situaciones distintas hasta que llegaba la noche. Yo sé que es absurdo, pero me encanta pensar la idea de que el universo no existe y que es sencillamente un manto enorme con cascabeles que brillan. De la luna me gusta pensar que es una pelota con un bombillo dentro, que está ahí esperando a que jugamos con ella. En esa obra decían que los sueños eran creados por "espíritus de la noche" que eran criaturas tan creativas que dibujaban en el lienzo de nuestra imaginación. No sé, mi vida siempre fue tan aburrida y común. Ahora, que empezaron a pasar cosas en ella resulta ser que descubro que todo está dañado. Es como ver que todo el mundo está despedazado y viven mostrando un cascarón de felicidad que ni siquiera ellos mismos se creen.

Creo que me inspiré, nunca habíamos podido hablar tan profundo entre nosotros. Ella se echó a reír y empezó a acariciarme. Yo hice lo mismo, empecé a hacerle cariños en el pelo.

—¿Si sabes que la luna es una piedra? Me preguntó, sabía lo que quería lograr.

—Sí, es solo una piedra, pero me gusta vivir la mentira de que es una pelota. ¿Quién decide lo que es de verdad sino quien está viendo su realidad? Le dije, desde que empecé a leer siempre quise tener una conversación así con alguien. Poder debatir ideas sobre la existencia, sobre la mente, sencillamente para pasar el rato.

—La verdad ni siquiera.

Me dijo acomodándose y sentándose en la grama, seguía viéndome.

—Por fin estamos de acuerdo en algo. Ambos sonreímos, viéndonos a los ojos.

Me gustaba mostrarme vulnerable con ella, siento que ella me entiende. Siento que no me va a hacer daño. Sé que quiere vengarse de mi papá, pero sabía que podía confiar en ella.

—Sí, yo creo eso, creo que realmente cada vez que definimos algo como una verdad, sencillamente le prohibimos la posibilidad de ser otra cosa...

Creo que por fin entendí lo de no "catalogar".

—... Existen verdades en común claro, como por ejemplo una silla. La primera vez que alguien creó una silla nadie sabía que eso era una silla, pero entre todos decidieron llamarlo silla y es una verdad colectiva, eso es una silla. Sin embargo, si todo hubiese sido distinto, esa silla se podría llamar "pan" o "casa". Así como eso pasa con la verdad de cada quien, todo individuo tiene su propia verdad; incluso, tú tienes tu verdad y yo la mía. A ver, tú quieres que yo mate a mi papá para vengarte, cosa que no voy a hacer. Para ti esa es la única manera y es tu verdad, hasta que no creas que es posible que exista otra. Al creer que existe otra verdad, tu verdad se transforma y empiezas a crear una nueva realidad.

Solo quería que ella estuviera de mi lado. Todos hemos hecho esto, decir cosas que no aplicamos en nuestra vida solo para lograr algo en otra persona. Y a veces después pensamos, ¿Por qué no lo práctico, si me la paso diciéndole a todo el mundo esto? Pero bueno, solo quería escuchar su respuesta.

—¿Qué me quieres? ¿Cuál es esa nueva verdad?

Lo había entendido todo y además de eso, ella sabía lo que yo quería lograr. No me iba a convertir en un asesino. Tenía que lograr que Kamil fuera mi cómplice. Si metían preso a mi papá sería suficiente.

—Quiero desenmascararlo, quiero mostrarle a mi mamá y a la ley lo que pasó…

Para eso tenía que usar alguna jugaba maestra para alimentar su maldad.

—...Piénsalo, así va a sufrir más porque estará vivo, pero preso, y tendrá que cargar con la culpa.

—¡No!

Me dijo de una vez. Luego se empezó a reír.

—¿Lo amas verdad?

Me preguntó.

La verdad es que no lo amaba, no lo sentía, tenía mucha rabia con él, pero era mi papá.

—No voy a hacerlo, no lo amo, pero si hago algún delito, voy a terminar preso yo. Le dije.

Kamil se levantó y empezó a caminar pateando la grama. Yo me senté en el suelo y solo la veía. Quería ayudarla pero jamás pondría en riesgo ni mi vida, ni mi libertad. Pasó un tiempo, creo que por primera vez vi a Kamil pensando. En mi cabeza comencé a escuchar sus pensamientos. Ella maquinaba un plan para que yo también pudiera estar feliz. Se le ocurrieron muchas ideas... Algunas eran muy perturbadoras. Era extraño sentir qué pensaba yo, mientras pensaba ella. Entonces ambos creamos un plan que a mí no me pareció tan loco, era dormir a mis papás por un tiempo para poder entrar al cuarto sin problemas y buscar pruebas de la que había pasado. Nombres de los testigos que estuvieron durante el parto, algo que me permitiera hacer una denuncia a la policía.

—Es una buena idea; le dije en voz alta. Me vio, sonrió, supo que podía escucharla. Entonces siguió pensando hasta que creo el plan perfecto. Hay que lograr que mi papá sea una estrella, que no esté, pero que la gente piense que está, hacer llamadas y conseguir que los testigos se pongan de nuestro lado. Estoy seguro que él los amenazó. Debemos entrar a su cuarto y poder conseguir datos sobre el parto. Además, tengo que conseguir éter de algún modo para dormirlos, así no les haría daño a ninguno y se haría justicia por Kamil.

De a momentos mis pensamientos se mezclaban con los de ella. Cuando estuvo de acuerdo conmigo, nos acostamos nuevamente en el suelo, a ver las estrellas.

Me quedé ahí dormido una media hora. Al abrir los ojos me asusté, estaba Keyla acostada al lado mío viendo las estrellas. Me dijo que me tranquilizara, que salió a su patio porque tenía insomnio y me vio ahí acostado y quiso acercarse a acompañarme. Repitió varias veces lo bien que la había pasado la noche anterior. Si tan solo supiera en lo que había terminado esa noche... Luego de que hablamos un poco y nos reímos recordando varias cosas, le pregunté "¿Qué opinas de las estrellas?"

—Las estrellas son las cosas más hermosas que hay. A mí me recuerdan al amor, al ideal tan hermoso que es, tan puro, tan mágico y que por el hecho de tenerlo ideado como algo lejano nunca lo tenemos. Mírame a mí, por siempre creer que el amor algún día llegaría, desperdicié mi vida. Así son las estrellas, luces hermosas que están a los lejos y jamás podremos tocar, a menos que seamos astronautas en muchos años, pero por ahora eso son para mí. Amor. Me dijo, terminando con un suspiro.

—¿Si sabes que son mentirosas las estrellas? Todas están muertas. Le dije. Pienso que al final, Kamil tenía razón.

—Sí, lo sé, pero están muertas por allá muy lejos, eso no quita que para mí sean hermosas, y si tengo la suerte seré quien vea cómo una estrella se apaga, porque su luz dejó de viajar. Seré feliz porque la vi y tuve la fortuna de ser bañada con su luz. Me dijo.

Era increíble como esta mujer sentía tanta paz y la transmitía. Yo ahora no estaba para eso. Me levante, le deseé buenas noches y entré a casa. Mañana empezaría este juego de desmontar la mentira del hijo de puta de mi padre.

MI MISIÓN

Objetivos claros,
ya lo descubrí.
¿Estoy haciendo lo que debería hacer?
¿Es esta mi misión?

Creo que fue el primero en despertarme en la casa. Mi mente no dejaba de atar cabos en cómo iba a hacer para lograr conseguir esos documentos sin que nadie se diera cuenta. Hoy me tocaba ir a la corte a atestiguar lo que había pasado con mi tío. Desayuné lo primero que conseguí, subí a mi cuarto y escuché cómo se abría la puerta del cuarto de mis padres. Tuve que fingir simpatía con ellos durante toda la mañana mientras me vestía con un traje formal para ir a "defender" a una persona que odiaba. La verdad pensaba que incluso podía ser divertido que mi papá y mi tío fueran compañeros de celda. Y no me malinterpreten por utilizar la palabra diversión.

Hoy me sentía distinto. Tenía hambre de hacer lo que tenía que hacer. Sabía cuál era mi misión y tenía que tomar acción. No sé si nunca había sentido algo como esto pero estaba seguro de que sí. Lo sentía e incluso el mundo se veía distinto. Imagino que así se sienten un asesino o un estafador cuando está en medio de su jugarreta. No dejaba de pensar en lo que quería hacer. Quería ver a mi papá preso para liberarnos de él, a mi mamá y a Kamil. Todo en lo que pensaba era en ese momento. Creo que estuve tan hundido en mis pensamientos que ni me di cuenta y de un momento al otro ya estaba en la corte apunto de atestiguar. Mi tío estaba vestido de preso y me veía como si yo fuera su esperanza. Mi papá indiferente como siempre. Pude ver a una hermosa mujer entrar con un velo negro, como si fuera a un funeral. Era Kamil que descubrió su rostro viéndome directamente a mí. Lo había logrado, era mi cómplice. Era como sentirnos uno y así sentir que lograríamos lo que queríamos.

Mi papá pasó horas durante la mañana hablándome de todo lo que debía decir y no decir sobre el caso, sobre lo que había dicho el abogado, si era correcto o no, para así poder salvar a mi tío de su inevitable destino. Sí sabía lo que debía decir, pero no era lo que iba a repetir, mi declaración sería sobre la verdad de lo que había pasado ese día. Ya estaba cansado de esconder y de jugar a ser la familia perfecta, de los engaños de todo el mundo. Decidí ser yo quien empezaría a mostrar que la estrella estaba muerta y no era ninguna luz.

Todos, incluso mi tío, quedaron atónitos cuando di mi veredicto. Entre las cosas que mencioné, estuvo el hecho de resaltar el problema alcohólico que sufría, que no era la primera vez que hacía algo similar. También conté sobre aquella vez que mi tío "cuidándome" cuando yo era más pequeño, metió prostitutas a la casa y me hizo tocarle el seno a una de ella. Y obviamente, hablé sobre su vicio y cómo lo vi completamente alcoholizado llevándose el carro de mi mamá. Creo que incluso el abogado que estaba defendiendo a las víctimas quedó sorprendido de lo fácil que le había hecho el trabajo. Mientras hablaba, podía sentirme acompañado. En un momento me titubeó la voz y Kamil se acercó a darme su apoyo colocando su brazo en mi hombro. Éramos ella y yo en la misión de hacer que toda la basura debajo de la alfombra saliera a la luz.

Lo sentenciaron a cadena perpetua sin opción a libertad condicional. Múltiples delitos como manejar ebrio, abuso de un menor, asesinato de primer grado. Me sentía feliz, Kamil nunca me abandonó, nadie más la podía ver. Mi papá no pudo ocultar su molestia conmigo, me gritó frente a todos. Yo me cansé de que él se comportara así, me di la vuelva y seguí caminando. Se acercó y me tomó muy fuerte del brazo e inmediatamente le pregunté si me iba a golpear. Si lo iba a hacer era más fácil meterlo preso, lo reté y se contuvo. Yo seguí mi camino. Tenía que encontrar el éter y sabía exactamente dónde buscarlo.

Llamé a Cala para ir a su casa. En ese momento sentía que esa era mi misión en esta vida, mostrar la verdadera mierda que era ese señor. No podía evitar pensar que si pudo hacerle eso a una hija, que otra cosa podía haber hecho y ni lo sabíamos. Llegué a casa de Cala y me abrió la puerta Josefina. ¡Me recibió con tanto cariño!

No habían pasado ni 2 minutos cuando me dijo que me sentía extraño, como si algo hubiese cambiado en mí. Antes de responderle, Cala salió y las senté a las dos. No pensaba contarles el plan, solo decirles lo que había pasado. Ninguna de ellas podía creer lo que les estaba diciendo. Las entiendo, no debe ser agradable ver que una persona que pensabas indefensa y "amante de la ley", realmente era un asesino. Me ofrecieron asilo en su casa, me pidieron que no cometiera ninguna locura. Ambas repetían muchas veces que sentían mi dolor, que sentían lo que me pasaba, incluso, me agradaba esta sensación de hacerme el pobrecito ante la gente. Cala me quiso acompañar, Kamil seguía conmigo. Cala no dejaba de hacerme preguntas sobre ella y Kamil se reía con cada elocuencia que tenía.

A Cala sí le conté lo que pensaba hacer. Ella solo me preguntó si estaba completamente seguro. Le dije que sí, así que fuimos a la casa de la única persona que sería capaz de conseguir el éter para nosotros: Ana.

Cuando nos recibió, estaba escuchando una música hindú. Al entrar a su casa vimos que en la mesa tenía varios paquetes de droga. Era un apartamento muy lujoso, su familia siempre ha sido adinerada, son dueños de muchas compañías. Detrás de ella apreció Rafael. Los dos tenían ropa interior roja y estaban algo sudados. Ella se encendió un cigarrillo mientras le contábamos lo que queríamos. Con su risa, algo irónicamente me invitó a pasar.

—Entonces, ¿Para qué quiere éter, Tomasito? preguntó, mientras apoyaba su cuerpo sobre la lujosa mesa de vidrio de la sala. Me asusté, no sabía si iba a sonar la alarma de incendios.

—¿Por qué no mejor lo apagas, no se vayan a activar las alarmas? Le dije, no quería que llegaran los bomberos y la policía a esa casa mientras yo estaba ahí con todas esas drogas.

—Tranquilo, apagamos las alarmas. Y se montó en una silla a soplar humo directamente a la alarma. ¿Ves, tranquilo? Ana era tan extraña. En el día a día parecería una niña que no rompe un plato y en este momento parecía como la protagonista de una película pornográfica. Hablaba tan sexy... me hacía sentir incómodo, pero yo tenía muy clara mi misión.

—Solo necesito el éter, ¿Me lo vas a vender o no? Sus ojos se abrieron y se sorprendió con mi actitud. Creo que haber entendido tantas cosas y tener un propósito me hacía un poco más valiente, más claro, más directo.

Recuerdo que leí algo sobre eso en uno de los libros de Cala, sobre nuestra misión de vida, de cómo tener un propósito nos impulsa a tener energía. No tenía tiempo que perder, hoy mismo empezaría mi misión, y quién sabe, a lo mejor vine a este mundo a desenmascarar a mi padre... Ahorita creo que ese es mi propósito.

Salí de esa casa sin hacer muchas preguntas, porque Andrés estaba ahí con ellos y todos andaban en ropa interior. ¿Por qué si la familia de Ana tiene tanto dinero ella vende drogas a escondida? Me pregunté eso dentro de mi cabeza, más no lo expresé en voz alta. Antes era muy preguntón, antes todo me daba curiosidad, ahora no, creo que hay demonios que prefiero no conocer aún. Hay cosas del mundo que no quería saber en ese momento. No tenía idea de todo lo que iba a pasar con esa botella tan pequeña que tenía en mis manos. No lo sabía, de haberlo sabido créeme la hubiese soltado y dejado caer ahí mismo, pero Kamil estaba conmigo nuevamente, para apoyarme en mi misión... Ella, creo que ella sí es un demonio que me encantaría conocer. Ella y yo teníamos una misión juntos y la íbamos a hacer realidad.

MUERTE EN ÉTER

¿Quién no siente tormento al pensar en la muerte?
Morir, ¿Por qué? ¿Para qué?
¿Qué se sentirá morir?

Esperamos a que se hiciera de noche en un muelle que quedaba como a una hora de nueva Kelicia. No tenía apuro, quería llegar a casa tarde por dos razones. La primera, luego de lo que pasó en la corte no quería tener que soportar el sermón de mi papá y de mi mamá, quería empezar ya con lo que realmente tenía que hacer. Sentado ahí en el muelle, ver el atardecer con Kamil a mi lado fue un momento realmente mágico. Hablamos de la muerte. Ella me dijo que la muerte es algo maravilloso, que su molestia no era estar muerta, era que nunca tuvo la oportunidad de vivir, pero que al cumplir mi misión ella sería libre. No sé si hablaba de que al terminar todo esto ella podría ir al cielo, aunque creo que ya ni siquiera creo que exista un cielo. Toda mi mente estaba llena de preguntas en este momento. Me estaba abriendo a ver la realidad y la vida de una manera diferente, creo que me estoy descubriendo y entendiendo eso que dicen de que "nada es real". No sé, ha sido todo tan confuso desde que ella llegó a mi vida.

El cielo cada vez se ponía de un color naranja más intenso y ahí estaba yo, con la botella de éter vestido de traje. En un muelle, esperando la noche para dormir a mi papá y así poder hacer una denuncia para meterlo preso. Suena raro, ¿No? Pero en ese momento tenía tanto sentido en mi cabeza.

Entonces seguimos hablando de la muerte. Empezó a acariciarme la cara…

—La muerte, es… es extraña. Está tan cerca y a la misma vez tan lejos. Yo veo como todo el mundo vive su vida pensando que son inmortales, pierden su tiempo en trabajos que no les gustan. Tienen idea y dicen "mañana empiezo" y ese mañana nunca llega, porque pareciera que no se dan cuenta de que la vida se les está pasando. Entonces, cuando ya están cerca de morir, empiezan a querer hacer realidad los sueños que ya jamás sucederán. La muerte es como un sueño y el problema está en que las personas viven la vida dormidos, hasta que pasa algo… De pronto muere una persona cercana o algún conocido…

Tenía que hacer el chiste

—O aparece tu hermana muerta en forma de fantasma.

No se rió, creo que estaba demasiado concentrada en su discurso como para chistes.

—Aquí siempre pasan varias cosas: primero, hay quienes se entregan a sufrir y cargar con la muerte por toda su vida. Segundo, personas que empiezan a vivir una vida mucho más activa. Tercero, personas que sencillamente despiertan. Empiezan a ver la vida de otra manera, empiezan a descubrir que no son solo un ser de luz, que también tienen sombras. Le van dando valor a cosas tan pequeñas como un abrazo, el olor de una flor, un beso con otra persona. Cuando conoces la muerte empiezas a apreciar la vida. Ella es como una pequeña telilla delgada que está constantemente cerca y nunca sabes cuándo decidirá que te toca irte. Mira, haz esto. Lleva tu mano izquierda hacia atrás, sientes frío en la punta, ¿Verdad? Bueno, esa es la muerte. Siempre está a un paso y, o la creas en esta vida o ella sencillamente te lleva y mira que te lo dice una muerta. Dijo.

Creo que era la primera vez que hablaba tanto. Sonaba muy parecida a Cala, pero con ella se me hacía fácil entender. Bueno creo que yo ya no soy el mismo de hace unos meses, creo que yo también soy otro.

Al atardecer mis pensamientos empezaron a convertirse como una película, con ese peculiar silencio que aparece justo antes de que el sol se esconda, ese espacio totalmente vacío. La vida es eso, es un instante totalmente vacío que nosotros podemos llenar con lo que queramos: Dicha, gloria, gozo, alegría, sufrimiento, dolor, oscuridad. La vida es algo tan corto y tan eterno como esa línea que dibujaba el mar... podemos pensar que es una caída a la nada o podemos pensar que es una eternidad interminable. Lo entendí, no era sobre cómo son las cosas, era sobre cómo las quería ver. Todo, todo tiene millones de interpretaciones distintas y cada uno de nosotros lo ve como lo quiere ver. Empecé a sentir un éxtasis recorrer mi cuerpo, como cuando el agua se convertía en música, como cuando sentía que era uno con el momento, que todo era magia y que todos mis pensamientos se transformaban, hasta que mi cerebro quedo en silencio...

No sé cuánto tiempo pasó, es como si en ese instante el tiempo dejase de existir. Un minuto sería una hora y una hora una eternidad, pero son la hora y eternidad más placenteras que podía imaginar. Vi cómo el atardecer fornicaba con las estrellas convirtiéndose en la oscuridad de la noche, sentí cómo el viento dejaba de ser cálido y empezaba a ser frío. ¿Se sentirá la gente así cuando está a punto de morir? ¿O cuando son desmayados con éter? No lo sé, a lo mejor lo sabré cuando muera, nunca dejaremos de aprender en esta vida, porque el día en el que morimos aprendemos qué se siente morir. No sé en qué momento Kamil desapareció, no estaba. Éramos solo yo y el momento.

—¿Cómo conseguiste eso? Le pregunté al ver a

Kamil con un carro antiguo y las llaves en su mano. Me esperaba en el terreno baldío que estaba al terminar el muelle.

—Digamos que estar muerta tiene sus ventajas... Deja de pensar tanto y empieza a vivir. Respondió y me lanzó las llaves del auto, yo estaba atónito, con el éter en la mano.

No sabía si esa noche quería comenzar mi plan. Había descubierto algo tan mágico que sencillamente deseaba vivir esa noche, ese momento, vivir una noche sin que nada me atormentara.

—¡Pues, hagámoslo! Me dijo.

Aún no me acostumbro a que puede leer mis pensamientos, sonriendo mientras apoyaba sus pies sobre el marco del vidrio, presionaba un botón que hacia abrir el techo de ese carro antiguo con un sonido como de que le faltaba aceite a los sistemas.

Me subí al puesto de piloto y ella colocó un CD que consiguió en la guantera. La primera canción en sonar fue "Sweet Child of mine - Guns and Roses". Empecé a manejar, aparentemente sin un destino, mientras Kamil dejaba su cabello volar con el viento y cantaba a todo pulmón la canción. Me le uní en el canto y a disfrutar del momento. Era magia, la sentía. No pensaba y cantábamos a todo pulmón la canción. Kamil abrió un compartimiento del carro y consiguió una caja de cigarrillos, tomó ambos y los encendió en su boca al mismo tiempo. Me puso uno en la mía, nunca había fumado, excepto esa noche con Cala, y empecé a toser, pero estaba tan entregado a vivir el momento que poco me importó. Entre risas, cigarrillos y música, nos dejamos llevar. Sonó todo un playlist de rock antiguo mientras disfrutábamos, cantábamos, nos reíamos y vivíamos el momento.

Llegamos a una especie de casa en la playa, solitaria, con todas las luces apagadas. Mi celular tenía muy poca carga, mis padres me habían llamado varias veces, pero no pensaba atenderles, no ahora, no con quien era en ese momento. Apagué el carro y de nuevo la escena la dominó el silencio. Nos vimos y empezamos a besarnos en ese auto viejo, fueron besos muy apasionados, era sencillamente espléndida. Sentía la complicidad con Kamil. Era, era, como si fuéramos la misma persona. Nos tocamos, estaba seguro que haríamos el amor y sin querer quité el freno de mano del auto y empezó a moverse. El momento de pasión alocada se convirtió en un momento de risas histéricas mientras ambos intentábamos salvarnos de chocar contra la antigua casa.

—Es una señal del destino. Le dije.

No sé de donde me salió eso, pero me acordé tanto de Cala en ese instante. Entonces me vio con sus ojos negros, la escuché dentro de mi cabeza: "¿Estás listo para pasar la mejor noche de tu vida?". No hizo falta palabras... Me aseguré de tomar la botella con el éter, no quería perderla, era indispensable. Nos bajamos corriendo del auto, forzamos la cerradura hasta lograr entrar. El lugar olía a viejo y a guardado, sentía la magia, ahí seguía, era espléndido. Ella saltó sobre un viejo sofá que sacaba polvo, todo se llenó de humo, uno que permitía ver los pequeños rayos de luz que entraban por las paredes, ventadas y del techo. Kamil corrió y empezó a buscar en todos lados, yo solo estaba ahí detenido viéndola y admirando su belleza. Su obscura belleza. Sacó una vieja botella de vodka que consiguió en un instante y se tomó un shoot directo del pico. Yo empecé a entrar y quitarme el saco del traje. Ella colocó un disco de vinilo en un viejo tocadiscos que impresionantemente funcionaba. Sonó una música disco, y nos pusimos a bailar mientras lentamente se quitaba el vestido hasta quedar en ropa interior. Me dio la botella y comenzamos a tomar shoots, bailando y dejándonos llevar, yo no dejaba de sentir el placer de poder ver su belleza y sentirme bien, ahí, con ella.

De un momento a otro, me tomó por la corbata y me lanzó al sofá. Poco a poco se montó sobre mí y empezó a besarme. Sus besos, sus besos eran placer expresados en estímulos físicos, era delicioso besarla, era sentirme pleno. Entre bailes, juegos, besos y música se nos dio el amanecer. Ambos terminamos tirados en la viaja alfombra viendo al techo. Luego de esa vieja botella de vodka, tomamos de una de tequila que conseguimos y un poco de una de whisky que estaba casi vacía. Viendo al techo, jugábamos con nuestras manos y la suciedad que volaba por los aires.

—¿Qué te da miedo? Me preguntó mientras se volteaba, apoyando su pecho contra el suelo.

—Hacerles daño

Se lo tenía que decir, me daba pánico dormirlos con el éter y que algo les pasara. Quería ver a mi papá pagar las consecuencias, pero nunca hacerle daño. No soy así, no soy una persona que disfrute ver sufrir a los demás. Fue como si ella me hubiese leído la mente. Se levantó y tomó el frasco de éter, lo abrió y me lo acercó a la cara.

—Hazlo. Hazlo, y vas a ver que nada les va a pasar. Me dijo.

En sus ojos pude ver la confianza. Entonces me acerqué, lentamente y respiré del éter. Fue como un apagón, todo se puso negro, como si hubiese llegado mi muerte.

FANTASMAS Y ALIENÍGENAS

¿Quién eres?
¿Eres un fantasma o un alienígena?
¿Estas aquí o eres una alucinación?

Al abrir los ojos sentía un fuerte dolor de cabeza, el pecho trancado y una gran congestión por la cantidad de polvo. Poco a poco me fui levantando y estaba completamente solo. Kamil no estaba, nada más me acompañaba las botellas en el piso y unas cuantas cucarachas que caminaban por ahí; pero estaba vivo, había comprobado mi teoría. Estaba vivo, no les haría daño. Me levanté y empecé a buscar la botella de éter. No la conseguía por ningún lugar. Revisé toda la casa, incluso los cuartos de arriba donde no habíamos estado. Ya mi celular estaba descargado, estoy seguro de que en cualquier momento mi mamá llamaría a la policía. Salí y entré al carro, busqué y busqué hasta que di con la botella que estaba bajo el asiento de copiloto. ¿Cómo llegó a ahí? No lo sé, pero tenía que irme a casa, seguramente ya mis padres estarían demasiado preocupados. En ese momento volví a pensar y dejar de vivir el momento. Preferí dejar ese carro ahí. Caminé hasta poder conseguir algún autobús. Esa vía era totalmente desierta. Tenía una mezcla de resaca con el dolor de cabeza que no se terminaba de ir. Caminaba sosteniendo el traje y no pasaba ni un solo carro por la zona. Estaba solo. ¿Dónde está Kamil? Empecé a unirme en mis pensamientos. El tiempo transcurrió mientras recordaba todo lo que había vivido desde que ella había llegado a mi vida. De pronto pasó un taxi y me atravesé en la mitad de la vía para detenerlo.

—¿Fue una noche larga? Me preguntó, luego de que le indiqué mi dirección. Me imagino que mi sudor con olor a alcohol y mi look de trasnochado me delataban.

No quería ni imaginarme como estarían mis padres, no sabían nada de mí. Empecé a sentir culpa y un dolor en el pecho. Me sentía vulnerable y expuesto. Sabía que estaba a punto de cometer un acto que representaría un cambio radical en mi vida. Para este punto estaba tan confundido sobre lo que sentía por Kamil, que no podía definir si era amor, era odio, era miedo o era atracción. Desde que ella apreció en mi vida todo había cambiado... mis costumbres, quién yo era, mis amistades. Creo que ella había llegado para hacerme despertar y descubrir muchas cosas que estaban ocultas, pero había algo que no podía negar, algo que sentía muy dentro de mí, que hacía mi palpitar mi corazón. Era como si Kamil fuese una parte de mí, como si ella fuese un complemento que necesitaba para poder ser libre, no entendía bien, no entendía absolutamente nada. Empecé a tener un pequeño ataque de ansiedad en el taxi, se me agitó la respiración y sentía mi corazón latir muy fuerte. Recordé el ejercicio que Cala me había enseñado y empecé a nombrar cosas que veía: "espejo, calle, árbol, mar y asiento". Luego olí mis manos, el asiento, el desodorante del carro, mi celular y mi camisa. Toqué mi cabello, mi piel, el vidrio, el asiento y mi pantalón. Intenté calmar mi mente y eso ayudó un poco. Desde que empezó todo esto manejaba tanta información, tantas cosas nuevas, que era como si mi cuerpo sintiera mucho más que antes, los olores eran más fuertes, todo se había intensificado. Entonces, como en un cambio inmediato, pasé de ansiedad a ese momento mágico de estar en el aquí y el ahora... Mi mente quedó en silencio y empecé a ver cómo un pequeño haz de luz que entraba por la ventada iluminaba las pequeñas partículas de polvo que había dentro de ese carro, como las que estaban dentro de la vieja casa, y no sé cómo explicarlo, pero fue como que en ese momento eso, esas pequeñas partículas volando, fuesen lo más hermoso que pudiera existir.

El momento se interrumpió cuando el curioso taxista me dijo:

—¿Sabes que no es tan bueno pensar tanto las cosas?

Fue como si me hubiesen asustado. Volví al mundo y le pedí que repitiera lo que me había dicho.

—¿Sabes que no es tan bueno pensar tanto las cosas? – Dijo, mientras esbozó una pequeña sonrisa.

—Gracias. Fue lo único que se me ocurrió responderle.

—Joven, ¿Cree en los alienígenas? Me preguntó.

—Creo más en los fantasmas. Esa respuesta salió de mí ser, no tuve ni qué pensarla.

Se produjo un pequeño silencio…

—¿Usted cree en los fantasmas?

—¿En qué tipo de fantasmas? Esa fue su respuesta…

¿Ahora hay varios tipos de fantasmas? No le respondí nada y empecé a pensar. Otra vez, pensar y pensar. Nada más, solo pensar. Entonces, volvió la ansiedad. Sentí mi corazón palpitar muy fuerte, pero muy fuerte otra vez. Esto fue interrumpido por la voz del taxista…

—Yo solía creer en los fantasmas, de hecho, muchos me atormentaron por varios años. Bueno, yo los dejé atormentarme por mucho tiempo. ¿Sabes? creo que los fantasmas los creamos nosotros mismos, en nuestra cabeza. Son como efímeras apariciones cada vez que tenemos una situación compleja en nuestra vida. Yo tuve muchos fantasmas, hasta que descubrí algo, que ellos siempre terminaban desapareciendo. Sí, desaparecían cada vez que esa razón que los había creado desaparecía de mi vida también. Entonces dejé de hacerles caso. Poco a poco creo que se fueron aburriendo de mí... Y empezaron a buscar otra cabeza que atormentar. Dijo.

No estaba para análisis morales sobre fantasmas sin sentido. Yo estaba hablando de un fantasma real, Kamil es real. La he besado, hemos reído juntos y llorado. Yo hablaba de realidad mientras él hablaba de una ficción ridícula. Siento que todo este asunto me tenía un poco hostil, los nervios de punta. Lo que iba a hacer no estaba sencillo, pero debía seguir, debía continuar. Era como si mi línea de pensamientos nunca parara de repetirse una y otra y otra vez. Entonces se me ocurrió preguntarle:

—¿Y si cree en los alienígenas?

—Sí, creo que también es algo que creamos. No sé si existen alienígenas en otros planetas o si estarán viviendo entre nosotros, pero creo que sí existen, ¿Sabes? son como personas especiales que parece que vinieran de otros planetas, tienen como una luz en su alma. Son personas que llegan a un lugar y puedes sentirlas que vibran de manera diferente, son algo así como personas mágicas, libres, aventureras, llenas de amor. Esas personas que te ven a los ojos y sabes que todo va a estar bien. Para mí esos son los alienígenas.

Este señor estaba más loco que yo. Sí, tenía un punto. Imagino que Cala o Rubén serían lo que el describe como alienígenas.

—Por ejemplo tú... Me quedé paralizado.

—Yo no soy nadie demasiado especial, yo sencillamente soy alguien normal, con una vida normal hasta hace algunos meses

—Pero puede ser que sigas escuchando fantasmas en vez de buscar alienígenas. Sigues en tu cabeza y muy poco presente como para ver a las personas a los ojos y mostrar la magia que tienes en el interior

—¿De verdad usted cree que yo soy una persona especial?

Tuve que preguntárselo... He leído sobre todo esto, en algunos de los libros de Cala, pero que un extraño me diga que le parezco una persona especial, era extraño ¡Mucho!

Aunque ya me acostumbré a que cosas así sucedieran en mi vida.

—Todos lo somos, la diferencia está entre quienes se atreven a ver lo que son por dentro y lo comparten al exterior con las personas que solo escuchan lo que les dice su cabeza y nunca se dan cuenta de lo maravillosa que es la vida.

Y el carro paró de golpe, volteé y casi inconsciente le dije:

—Esta no es mi casa.

—No, pero es el lugar a donde tienes que venir, Tomás.

¿Cómo sabía mi nombre? Nunca se lo dije, ¿O sí se lo había dicho? No recuerdo.

—¿Cómo sabe mi nombre? Le pregunté, ya todo era muy extraño. Empezaron a sudarme las manos.

—Cada vez que aconsejo a alguien me gusta colocar mi nombre al final, Tomás. Supongo que es el tuyo también. Espero verte pronto y no me pagues la carrera, fue muy agradable recordarme quién soy. Dijo.

La verdad me despedí un poco tímido. Que persona tan extraña. No había caído en cuenta de dónde estaba... La casa de los gemelos. Pero, ¿Por qué este señor que hablaba de alienígenas y fantasmas me dejaría aquí y cómo sabe que los conozco? ¿Qué es esto? ¿Dónde está metida Kamil? Olía horrible, no me había bañado. Tenía conmigo solo el éter y mi celular descargado. Supongo que me tocará caminar hasta mi casa. Empecé a hacerlo y de pronto sentí que alguien puso su mano en mi hombro derecho.

MENTIRAS QUE SALVAN VIDAS Y QUE TAMBIÉN MATAN

Las mentiras son un arte complejo…
Cada detalle importa,
si cambias una pequeña cosa,
sabrán que mientes.

Volteé de golpe... Era Sebastián. Menos mal que no era Rubén, me hubiese dado mucha más vergüenza. Me preguntó si estaba bien y no supe qué responderle. Cuando abrí mi boca, pude notar su gesto por mi mal aliento de trasnocho. No le quise explicar demasiado, sencillamente le dije que había salido a una fiesta y que estaba de regreso a casa. Para lo amargado que el suele ser, ese día estaba especialmente preguntón. Me preguntó con quien había ido, qué había estado haciendo. En fin, un cuestionario el cual completé con mentiras y frases inventadas. Eso lo sabemos hacer muy bien los humanos, inventar cosas cuando no tenemos la verdad de nuestro lado... Y el taxista pensando que yo era un alienígena.

—¡Soy un ser humano normal y tengo derecho a cometer errores como emborracharme y luego no recordar dónde está mi casa! Fue lo último que le grité antes de que el logrará entender que no quería seguir hablándole, que sencillamente me quería ir.

Entonces se despidió y me dejo ahí solo. Creo que yo mismo me daba asco... Caminé y no pude evitar pensar en lo que iba a hacer. Tenía que ser apenas llegara a casa. Si no, por lo que había pasado y mi desaparición me iban a castigar hasta el final de mis días. Ya con mi padre fuera del juego podría explicarle todo a mi mamá y estoy seguro de que ella sí me iba a entender. Siempre lo ha hecho y siempre lo hará.

Pasé cerca del parque que estaba por el colegio y ahí se encontraba Rubén. No dudé que fuera él porque ya había hablado con Sebastián. Caminé muy rápido para que no me viera y volteando mi cara hacia la calle para que no me reconociera. No me iba a reconocer, ¿Cómo lo iba a hacer? Él nunca me había visto vestido así. No pude evitar voltear a verlo de reojo, estaba haciendo ejerció sin camisa y fue cuestión como de un nano-segundo que cruzaron nuestras miradas y me di cuenta "mierda, me había reconocido". Aceleré aún más el paso y pude escucharlo como gritó mi nombre. ¿Debía detenerme? ¿Debía continuar? ¿Por qué me ponía tan nervioso que Rubén me viera así? Entonces empecé a correr y de golpe me detuve. Era ridículo lo que estaba haciendo, era mi amigo, solo con decirle lo mismo que le dije a su hermano estaría bien. El calor estaba muy intenso. Me imagino que sería como el medio día. Rubén llegó y se paró frente a mí y sonrió todo sudado.

—¿Qué te paso? No te lo tomes a mal, pero te ves demacrado… Dijo.

—Creo que me drogaron. Le respondí.

Yo no tengo sentido del humor, pero con él me sale fácil esto de ser elocuente y reírme.

—En serio, Tomás. ¿Qué paso? Me preguntó, siempre viéndome a los ojos.

—Es una historia muy larga. ¿Me acompañas a casa?

¿Por qué le pregunté eso? Que fastidioso, no le voy a interrumpir sus ejercicios.

—Mentira, ni sé por qué te dije eso, creo que no pienso bien de lo cansado que estoy. Tranquilo. Te veo luego.

—No, no. Yo te acompaño a casa. Y más si estas así.

Me dijo y tampoco puse mucha resistencia.

Empecé a contarle toda una historia inventada de lo que había pasado la noche anterior. Intenté que esta versión fuese totalmente idéntica a la que le había contada a Sebastián. Sé que ellos hablan mucho y no quería quedar como un mentiroso. Todo lo contrario, quería hacer pasar por desapercibida toda esta locura, era mi misión, pero nadie tenía que saber lo que estaba haciendo.

Confesaré algo, en ese momento empecé a sentir cosas por dentro. No sé, la compañía de Rubén era algo tan especial, de verdad, estaba seguro de que era alguien importante. Para mí que él era de esos alienígenas que explicó el taxista. Él me hacía sentir que aunque todo estuviese de cabeza ahorita, todo iba a estar bien. Pasamos frente a casa de la señora Keyla y me extrañó no verla ni afuera, ni adentro. No se escuchaba nada de ella, no se sentía. Rubén se despidió con un abrazo.

—Deja de inventar tanto y enfócate en lo que es importante.

Fue lo último que me dijo antes de irse trotando.

Ahí estaba yo, frente a mi casa, esperando que mis padres no estuvieran o que por alguna razón estuvieran dormidos al mediodía. Ellos no suelen hacerlo, así que me quedé por unos segundos viéndola y pensando en todas las mentiras y artimañas que existían dentro de una casa tan bonita por fuera. Veía todas las casa de al rededor y me di cuenta de que solo conocía a uno de mis vecinos. A Keyla. ¿Cuántas historias estarán escondidas dentro de cada una de esas casas? ¿Será que es solo la mía? ¿O será que todas las familias tienen historias escondidas? De ser así, entonces vivimos en un mundo ficticio, rodeado de apariencias y máscaras. Todo es una mentira y me encantaría poder tener la capacidad de leer las mentes de las personas, como hace Kamil conmigo, saber cuáles son sus sombras y sus verdades, saber si son quienes dicen que son, o si ocultan historias trágicas que no se atreven a contar solo por pensar que nadie más las vive.

—¿Estás listo? - Dijo Kamil, quien me asustó al pararse justo detrás de mí.

—¿Dónde estabas? Le pregunté. Ella se rio a carcajadas. Estaba impecable, como si nada de la noche anterior hubiese pasado.

—Dentro de ti, me dijo.

Ella y sus misterios. A lo mejor si era así, no existe un libro que te explique los funcionamientos de los fantasmas y sus mecanismos de acción.

—No importa eso, lo importante es que tu papá y tu mamá no están en casa. Préstame atención. Es una sola oportunidad la que tienes, ellos van a volver, están en la policía preguntando por ti. No pueden venir con la policía, tienes que entrar y cargar el teléfono, llamarlos, convencerlos de que todo está bien. Luego, rápidamente, escondernos para que apenas entren los podamos dormir con el éter.

—El plan era dormirlos mientras dormían, le recordé.

—El plan cambió. Los acostaremos en su cuarto y luego les haremos creer que se desmayaron o algo así. Me dijo, me tomó la cara y me besó apasionadamente. Me tengo que ir, pero voy a estar contigo en otro momento. Recuerda: llamarlos, conversar, esconderte y desmayarlos.

Entonces eso hice. Entré a la casa y puse a cargar la batería de mi celular. No se prendía y me metí rápidamente en la ducha. Era imposible no tener Flashbacks del momento en la ducha en el que había conocido a Kamil. Ahora todo esto estaba pasando. Salí desnudo y tomé el teléfono. Tenía muchos mensajes y llamadas sin contestar, pero no revisé el número. Sencillamente entré y llame a mi mamá de inmediato.

Atendió el teléfono y en su voz se podía escuchar la desesperación, como un ahogado que puede tomar aire nuevamente.

—¿Dónde estás? ¿Qué pasó? ¿Estás bien? ¿Tomás?

La verdad no lograba identificar si estaba molesta, preocupada, estresada... Creo que tenía un coctel de varias cosas.

—Estamos en la policía... ¿Estás bien? Preguntó desesperada, no me dejaba hablar.

—Mamá, estoy bien. Estaba en una fiesta y me quedé dormido.

Ahí conté toda la misma historia que le había inventado a los gemelos. Creo que esa se convertiría en mi verdad sobre lo que había pasado la noche anterior. Menos mal no me reclamó nada sobre el juicio, creo que tanto estrés la hizo olvidarse de mi brote de honestidad que dejó preso a uno de los miembros de la familia. No fue fácil tranquilizarla, creo que estuvimos hablando por más de una hora. También mi papá interrumpió en un momento de la conversación para gritarme y regañarme por ser un irresponsable, ¡qué doble moral tiene! Luego de que los logré tranquilizar y tranqué el teléfono, recordé el siguiente paso... Esconderme, pero ellos son dos, yo soy uno solo. ¿Dónde está Kamil? Ella debería ayudarme con uno de ellos. Empecé a gritar su nombre, pero no aparecía.

Tome el éter, empapé dos pañuelos y me puse un tapa bocas. Me coloqué detrás de la puerta a esperar que llegaran. Era ahora o nunca. Había llegado el momento. Kamil apareció justo cuando escuché las puertas del carro cerrarse y se escondió detrás de la otra puerta. Se acercó, me bajó el tapa bocas y me dio un largo beso. Me dijo dentro de mi cabeza "Te amo". Ambos sonreímos, éramos solo ella y yo. Era el momento de vengarla. La puerta se empezó a abrir, casi en cámara lenta. Llegó la hora.

CENIZAS DE QUIEN SOY

Todo era confuso.
¿Quién lo hizo?
¿Ese fui yo?

Había visto a Kamil comportarse de manera agresiva, pero nunca como en ese momento. A penas entraron, los dos saltamos, yo sobre mi padre y ella sobre mi madre. Al principio tuvimos que hacer mucha fuerza por el forcejeo de ambos. Mi padre me miraba con unos ojos de entendimiento que poco a poco se fueron apagando hasta que sentí su peso muerto sobre mi cuerpo. Sabía que estaban bien, sabía que no les habíamos hecho daño, pero fue como sentir su muerte... Si tan solo hubiese sabido lo que tenía planeado Kamil, nunca la hubiese besado.

No sé realmente qué fue lo que me pasó en ese momento. Mi mente dejo de pensar, pero esta vez no era magia. Imagino que así se sentirá un animal cuando corre por su vida siendo perseguido por un depredador más grande. Hubo unos segundos en los cuales me arrepentí de todo lo que había hecho y de todo lo que estaba pasando, pero ya estaba ahí, no tenía otra opción que continuar. Era sencillo, debía subirlos y acostarlos en su cama, luego buscar los papeles donde fuera, y si mi papá los tenía en la caja fuerte, conseguir dónde tiene anotada la contraseña. Sacarlos e ir inmediatamente a la policía para hacer la denuncia, empezar a contactar a los médicos que estaban ese día ahí y lograr mi objetivo. Me repetía el plan una y otra vez en mi cabeza. Nada podía salir mal... Creo que me quedé tanto tiempo pensando que no me di cuenta cuando Kamil desapareció. ¿Cómo me iba a dejar solo en ese momento? No era posible, pero debía continuar. Empecé con mi padre que era más pesado. Me costó subirlo por las escaleras y poder dejarlo en su cama. Luego, mi madre. Cuando iba bajando las escaleras para buscarla me tropecé, estaba nervioso, todo me temblaba. De verdad no hubiese hecho nada si sabía lo que iba a pasar.

Subí a mi madre y empecé a hurgar todo el cuarto con cuidado. Lo ideal es que al despertarse, no supieran nada de lo que había pasado. Revisé en todas las gavetas, el armario, bajo la cama. Sí, definitivamente todos esos papeles deben estar guardados en la caja fuerte. Mi papá siempre tenía anotadas todas las claves porque solía olvidarlas. Pero, ¿Dónde? Bajé al despacho de mi madre mientras gritaba "¿Kamil?", no puede ser que se haya desaparecido. Busqué en todos los libros, cuadernos, agendas, papeles y nada. Siempre asegurándome de dejar todo en su lugar. Estaba sudado y no conseguía nada. Empecé a pensar que no lo lograría, que tendríamos que crear un nuevo plan.

Grité muy fuerte al escuchar la puerta sonar. Tuve que respirar y secarme un poco el sudor. Corrí a abrirla, no quería levantar ninguna sospecha.

Estaba ahí parada la señora Keyla, con un pastel en la mano que se notaba ella misma había cocinado, de inmediato me preguntó:

—¿Te pasó algo?

—No, solo estaba haciendo un poco de ejercicio en la sala. Mentí, otra vez.

—Te traje un pastel. Me dijo viéndome a los ojos. No sé por qué, pero sentía que ella sabía todo lo que estaba pasando, porque su mirada me lo decía. Tomé el pastel y le di las gracias. Antes de irme me sonrío y una lágrima salió de su ojo derecho.

—¿Seguro que todo está bien?

Me dolía mentirle, me dolía no decir la verdad, pero tenía que hacerlo, tenía que vengar a Kamil.

—Sí, todo va a estar bien. Le respondí y poco a poco se fue.

Cerré la puerta y sentí ganas de llorar, como si hubiese traicionado algo dentro de mí, pero no había tiempo que perder. Pensé y pensé en cómo conseguir esos papeles.

Me senté en la computadora de mi madre y busqué en sus correos electrónicos. Algo tenía que tener. Estaba abierto el de mi padre también, pero nada, era como si las únicas pruebas que existían estuviesen encerradas en esa caja fuerte que no iba a ser capaz de abrir.

Un extraño olor a gasolina llegó a la casa y salí a la sala. Al hacerlo, vi una de las imágenes más tétricas que pude imaginar. Kamil estaba terminando de vaciar un pote de gasolina que se veía había lanzado por toda la casa.

—¿Qué estás haciendo? Le pregunté.

En ese momento me quede congelado. Ella entró en mi cuerpo, la sentía dentro de mí y hablaba conmigo en mis pensamientos.

—Lo siento, Tommy, pero es la única manera.

En ese momento lo entendí todo, sentía un escalofrío recorrer mi cuerpo. Ella nunca había creído en el otro plan, ella solo quería asesinarlo, ella quería vengarse y quitarle la vida a mi papá como él lo hizo con ella.

—No Kamil, no. No me hacía falta hablar, sabía que ella escuchaba mis pensamientos.

Míralo así, vamos a liberar al mundo de una de las peores personas que han existido. Solo van a quedar cenizas, cenizas de esta historia, cenizas de quien fue, cenizas de quien fuimos. Nadie sabrá que fue algo provocado, todos imaginarán que fue un accidente. Vamos a escribir un correo hablando de los potes de gasolina que trajo tu padre a casa y se lo enviaremos a alguien, solo para que esté ahí y la policía los encuentre, así cerrarán el caso como un trágico incendio que terminó con la vida de ellos dos. En ese momento lo pensé.

Kamil, no voy a matar a mi mamá. Pensé, ella me escucha... Todo esto mientras tenía mi cuerpo como paralizado.

—Pero a tu padre sí, porque ni lo mencionaste. Lastimosamente ella pagará las consecuencias siendo una inocente. Ya es hora. Me dijo.

Entonces la vi frente a mí, pero yo no podía controlar mi cuerpo, ella estaba en total control de mi cuerpo. ¿Qué estaba haciendo? No sabía cómo podía salir de ahí. Tomé otro botellón de gasolina y empecé a rociarlo en las partes que faltaban de la casa. El comedor, el estudio de mamá, todo estaba lleno de esa sustancia que solo con un poco de fuego acabaría con la vida de todos en esa casa. En ese momento se me pasó por la mente que Kamil también quería matarme a mí.

—Ni lo pienses, yo solo te quiero proteger. Luego de esto vamos a crear una vida nueva, tú y yo juntos para siempre. Me dijo parada frente a la puerta.

Estaba ahí inmóvil, viendo como yo armaba todo el escenario de lo que sería la peor decisión de mi vida.

—Pensé que querías liberarte y que por eso estoy haciendo todo esto. Le dije, no entendía nada.

—Es imposible que te liberes de algo que es parte de ti. Dijo.

En ese momento encendió un fósforo que sacó de su bolsillo. Yo estaba ahí, inmóvil, sin entender. No sé qué pasó, fue literalmente como si me hubiese teletransportado a donde ella estaba, pero, de pronto me encontré ahí parado, con el fósforo en la mano y mi única reacción fue dejarlo caer.

DETRÁS DEL ESPEJO

Detrás del espejo se encuentra tu sombra.

Vi como poco a poco la línea de fuego empezaba a crecer. Fue como ver todo consumirse. ¿Esto lo había hecho yo? No, fue Kamil, pero dónde estaba. Seguía petrificado, más ya no era porque ella me evitara moverme, sino porque me di cuenta de que yo había lanzado el fósforo. La confusión se mezclaba con el calor y mi primer impulso fue correr e intentar subir las escaleras para intentar despertarlos. Pero el fuego pudo más que yo, fue más rápido, incluso una llamarada me quemó un poco las manos.

El calor se hacía más intenso dentro y fuera de mí. Sentía rabia, confusión, dolor, ánimo, creo que los ataques de ansiedad quedarían cortos para lo que viví en ese momento. De pronto todo empezó a pasar como en cámara lenta, veía mi casa en llamas, ardiendo, no quería que esto terminará así. Sentí un odio tan profundo por Kamil... Me manipuló, me engañó, me hizo creer mentiras como una estrella. Ella parecía luz, pero era pura sombra. Entonces empecé a recordar tantas caras, aparecían en mi mente con cara de vergüenza y odio, Cala, Josefina, Keyla, Julián, Sebastián, Claudia, Ana, Rafael, Andrés, mi tío, mi mamá, mi papá. ¿Cómo había pasado todo esto y en qué momento me perdí y permití que esa sombra pudiera más que yo? ¿Cómo? ¿Cuándo? ¿Para qué? Entonces el calor se volvió insoportable y empecé a pensar en todas las consecuencias de lo que había pasado. Me podían llevar a la cárcel por generar un incendio y asesinar a mis padres. No, yo no soy un asesino, eso no. No sabía qué hacer... Como la mayoría de los seres humanos, reaccioné como lo hacemos las personas cuando nos enfrentamos a algo que parece tan infinito que no tiene salida... Huir.

Salí corriendo de mi casa y al voltear pude ver a Keyla viéndome, viendo lo que estaba pasando, petrificada, como si lo hubiese visto todo. Ella podía ser mi salvación. Estaba ahí parada con su tasa de café y empecé a correr hacia ella. Creo que nunca la había visto en una actitud tan a la defensiva como en ese momento en el que me gritó:

—No, aléjate.

Pero mis impulsos eran tan fuertes que no le hice caso, hasta que me aventó la tasa de café y entró corriendo a su casa. Me quedé ahí parado y una vez más pude ver cómo las llamaradas aumentaban su tamaño y todo olía mucho peor. Tenía que huir, tenía que salvarme. Ya debería estar los bomberos en camino hacia acá. Pensé en el único lugar en el que nadie me podría conseguir mientras pensaba mi próxima movida... El bosque.

Empecé a correr, no sé de dónde me salía tanta energía.

Corría y solo me podía imaginar la imagen de mis padres dormidos siendo cercenados por el calor de ese incendio. Lloraba mientras corría por las calles que me llevarían al bosque. En un momento vi pasar un taxi, era ese señor que me habló de los fantasmas y los alienígenas. No sé si me identificó, pero me di cuenta de que me había dejado dominar por un fantasma. Mientras corría sentía tanto odio hacia mi ser, hacia mí, hacia quien soy. Me golpeé, sentía que quería hacerme daño, que lo merecía. En un momento, luego de muchas cuadras el cansancio pudo más que yo y caí en el piso llorando, mientras me alaba los pelos. Quería romper algo, ¿Qué había pasado? ¡MIERDA! ¡MIERDA!

Me levanté, debía seguir. Sentía que todas las personas en la calle que me veían sabían lo que estaba pasando. Ese señor paseando a su perro, ese niño jugando en el parque, todos vieron lo que Keyla logró ver. Keyla, ella podía contarle todo a la policía, luego me encargaría. Solo debía llegar al bosque, solo debía huir.

Llegué a la frontera de la ciudad con el bosque. Algo me decía que mi destino estaba ahí, entonces seguí corriendo. Me dolían las piernas, me ardían las manos y no dejaba de llorar. Mi mente, el dolor de cabeza eran cosas que no podía definir. Además, sentía que alguien me estaba siguiendo, no quería ni voltear. A lo lejos escuché unas sirenas policiales y de bomberos que seguramente iban a mi casa.

Me choqué contra un árbol que me hizo caer al suelo. Todo se calmó y se puso en cámara lenta. No sé si por el fuerte golpe que me di en la cabeza o porque sencillamente mi cuerpo y mi mente se habían agotado, pero logré ver las luces colándose por las hojas de los árboles y jugando con las partículas que flotaban en el bosque. Recordé esa noche en esa casa y como Kamil fue tan seductora. Creo que la rabia se apoderó de mí nuevamente, pero no me podía levantar. Vi mis manos quemadas y ahí lanzado en el piso empecé a hacer una pataleta de niño pequeño. Mi mente no me dejaba de atormentar, mis pensamientos no paraban. Mi cuerpo estaba totalmente agotado.

Me levanté como pude y seguí caminando. Me dolía la cabeza y mis pensamientos se convirtieron en un silencio de culpa. Escuchaba los pájaros y los sonidos del bosque tan puros, tan plenos, pero yo, yo era un pedazo de desgracia en medio de la creación perfecta de la naturaleza.

Llegué a un vacío, un espacio en medio del bosque, como si ningún árbol hubiese querido crecer ahí. Creo que ese era el lugar donde podía pertenecer un ser miserable como yo en ese momento. Todo estaba tan en calma, pero mi agotamiento físico y mental me obligaba a estar en un estado de inercia. Entonces, encontré un espejo roto en medio de ese vacío. Vi mi reflejo ahí, recordé esa pregunta…"¿Quién soy?" Creo que nunca había tenido menos clara la respuesta que en este instante. Vi a alguien más reflejada en el espejo. Era Kamil detrás de mí. Volteé de golpe, pero solo la podía ver a través de ese espejo.

—Tranquilo, todo va a estar bien. Fue lo último que me dijo.

Yo golpeé el espejo tan fuerte, que los pedazos se volvieron pedacitos. No quería verla, no quería oírla. Ella tomó uno de los pedazos del vidrio, entre mis manos y me cortó las palmas. Empecé a ver mi sangre caer y pensé que esa era la única solución. Luego sentí la mano de Kamil que me tomó por el brazo y me jaló muy fuerte… No sabía a dónde, no sabía lo que estaba a punto de comenzar.

A lo lejos alguien grita mi nombre, veo una luz, una sombra. Alguien grita mi nombre con desesperación, conozco esa voz, es un hombre… Grita y grita mientras yo decido qué hacer entre a luz y la sombra. Todo estaba negro. Ahí comprendí que la verdad de todo se escondía detrás del espejo.

ESTE NO ES EL FINAL

PRONTO:

DETRÁS DEL ESPEJO.

Made in the USA
Columbia, SC
17 January 2020